불량엄마 납치사건

Quid Pro Quo by Vicki Grant

Copyright ⓒ 2005 by Vicki Grant
Korean translation copyright ⓒ 2010 by Mirae Media & Books Co.
This Korean edition published by arrangement with Transatlantic Literary
Agency Inc., Canada through Yu Ri Jang Literary Agency, Korea.

이 책의 한국어판 저작권은 유리장 에이전시를 통해 저작권자와 독점 계약한 미래M&B에 있습니다.
신 저작권법에 의해 한국 내에서 보호를 받는 저작물이므로 무단 전재와 무단 복제를 금합니다.

불량엄마 납치사건
Quid Pro Quo

비키 그랜트 지음 :: 이도영 옮김

미래인

**불량엄마
납치사건**

1판 1쇄 펴낸날 2010년 6월 20일
1판 11쇄 펴낸날 2025년 3월 10일

지은이 비키 그랜트
옮긴이 이도영
펴낸이 김민지

펴낸곳 미래M&B
등록 1993년 1월 8일(제10-772호)
주소 04030 서울시 마포구 동교로 134 미진빌딩 2층
전화 02-562-1800(대표)
팩스 02-562-1885(대표)
전자우편 mirae@miraemnb.com
홈페이지 www.miraeinbooks.com
블로그 blog.naver.com/miraeibooks
인스타그램 @mirae_inbooks

ISBN 978-89-8394-610-2 03840

＊잘못 만들어진 책은 구입처에서 바꾸어 드립니다.
＊미래인은 미래M&B가 만든 청소년, 성인을 위한 브랜드입니다.

사랑은 모든 것을 이겨내리라.
(omnia vincit amor)
―베르길리우스

차례

1장 폭로 ⋯ 9
2장 사생아 ⋯ 12
3장 법학사 ⋯ 16
4장 정신장애 ⋯ 22
5장 학대 ⋯ 31
6장 자기부죄거부특권 ⋯ 35
7장 업무상 과실 ⋯ 37
8장 우편물 무단수취 ⋯ 40
9장 가명 ⋯ 42
10장 협박 ⋯ 45
11장 희롱 ⋯ 48
12장 도청 ⋯ 59
13장 무단결석 ⋯ 65

14장 비공개 심리 ⋯ 70
15장 사기 ⋯ 74
16장 해고 ⋯ 78
17장 유기 ⋯ 81
18장 변호인-의뢰인 특권 ⋯ 85
19장 물적 증거 ⋯ 91
20장 미성년자 ⋯ 99
21장 방화 ⋯ 104
22장 공모 ⋯ 107
23장 소문 ⋯ 110
24장 손해배상 ⋯ 118
25장 소유권 ⋯ 122

26장 부실표시 … 126

27장 용의자 … 132

28장 관할구역제 … 136

29장 무단침입 … 142

30장 범의 … 147

31장 소송 … 151

32장 범인은닉죄 … 157

33장 협박 II … 160

34장 피후견인 … 168

35장 폭력 … 173

36장 무단침입 II … 179

37장 납치 … 183

38장 불법 감금 … 192

39장 자백 … 194

40장 자백 II … 199

41장 자백 III … 202

42장 자백 IV … 207

43장 뇌물수수 … 217

44장 고소 … 230

작가의 말 … 236

옮긴이의 말 … 238

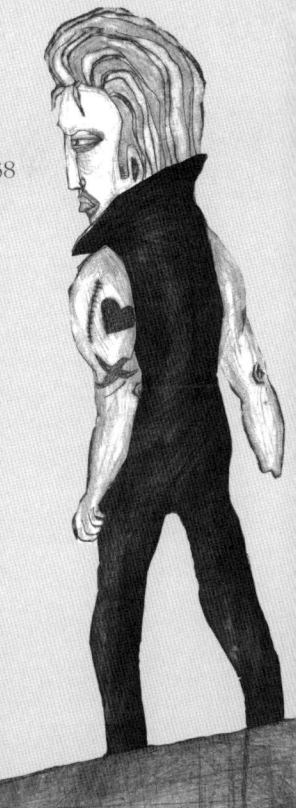

폭로

::
알려지지 않았거나 감춰져 있던 사실을 온전히 공개하는 행위
::

나는 열 살 때부터 법대에 다니기 시작했다. 난 이 얘기를 할 때면 신이 난다. "이 녀석은 천재인가 봐" 하는 눈빛으로 사람들이 나를 바라보기 때문이다.

두 가지 얘기 모두 사실이다.

음, 어쨌든 사실은 사실이다.

열 살 때부터 나는 법대에 다녔다. 하지만 그건 순전히 엄마가 나를 베이비시터에게 맡길 돈이 없기 때문이었다. 난 늘 엄마가 다니는 야간 수업에 끌려 다니곤 했다.

나는 그게 정말 싫었다. 사람들은 수학 강의를 듣는 걸 싫어한다. 하지만 법학 강의도 믿지 못할 정도로 따분했다. 한 발짝도 움직이지 못하고, 어떤 소리도 내면 안 되었다. 그럴 기미가 보일 때마다 엄마는 내게 "시릴, 제발 좀" 하고 속삭이곤 했다. 교수가

불법행위와 신탁권 등에 대한 흰소리를 지껄이는 동안, 나는 그저 자리에 멍하니 앉아 있을 수밖에 없었다. 그딴 게 실생활에 유익할지는 몰라도 따분하긴 마찬가지였다.

강의를 듣는 것보다 더 견딜 수 없는 게 하나 있었는데, 그건 엄마의 시험공부를 돕는 일이었다. 엄마는 나더러 문제를 읽고 또 읽으라고 연신 재촉했다. 그 때문에 이틀 밤을 꼬박 샌 적도 있었다.

그 다음은 기말 리포트 제출이 기다리고 있었다. 엄마는 내가 개인 도서관 사서라도 되는 양 부려먹었다. 나는 무게가 5킬로그램이나 되는 책을 찾거나 6천 페이지짜리 법전을 복사하느라 쉴 새 없이 왔다 갔다 해야 했다. 그동안 엄마는 내가 찾아다 준 책을 보며 독수리 타법으로 리포트를 작성하거나 담배를 피우러 밖에 나가곤 했다.

행여 내가 불평이라도 하면, 엄마는 미친 듯이 벌컥 화를 냈다. 어쩜 그렇게 엄마한테 고마워할 줄 모르냐고 소리를 질렀다. 나를 위해 자기가 얼마나 힘들게 이 일을 하고 있는지 아냐고! 그 덕에 내가 더 나은 삶을 누리고 있는 거라고! 엄마가 아니고 말이다!

어쩌고저쩌고, 이러쿵저러쿵.

나는 엄마와 자주 말다툼을 벌이곤 했다. 아이들에게 더 나은 삶이란 민사소송법 시험을 앞둔 엄마의 공부를 돕느라 담배 연기 자욱한 부엌에 앉아 있는 것일까, 코만도 인형을 가지고 놀거나 친구들과 어울리는 것일까?(엄마는 간접흡연이 아이들의 예민한 폐에 어떤 영향을 끼치는지에 대해 생전 들어보기나 했을까?)

어쨌거나 이젠 더 이상 엄마와 싸우지 않기로 했다. 법대 강의가 정말 싫었지만, 만약 내 인생 중 3년이란 시간을 그곳에서 보내지 않았더라면, 사기며 협박이며 평등의 원칙이 뭔지 알 턱이 없었을 테니 말이다.

다시 말하면, 우리 엄마를 구해내는 데 필요한 지식을 전혀 알지 못했을 거란 애기다.

사생아

::
법률적으로 부부가 아닌 남녀 사이에서 태어난 아이
::

배경 설명이 좀 필요할 것 같다.

내 이름은 시릴 플로이드 매킨타이어다. 나이는 열네 살. 엄마의 법적 이름은 앤드리 루스 매킨타이어인데, 사람들은 모두 엄마를 '앤디'라 부른다. 엄마의 나이는 스물아홉 살이다.

한번 계산을 해보라. 골 때리지 않는가?

엄마는 가출해 거리에서 살다가 나를 임신했다. 그건 할아버지, 할머니에게 겁을 주기에 충분한 일이었다. 웬만한 10대라면 몰래 애를 뗀 뒤 그런 사실을 과거 속에 묻어버리고 정상적인 삶을 살았을 거다. 하지만 엄마는 부모의 자존심을 긁고 싶었는지, 아버지가 누군지도 모르는 작고 사랑스러운 아이에게 '시릴'이라는 이름을 지어주고, 게다가 '플로이드'란 이름을 덧붙였다.

시릴이나 플로이드는 빈민들이 주로 쓰는 이름이다. 가방끈이

짧아서 토머스, 애덤스, 더글러스 같은 고상한 이름을 알지 못하는 사람들이나 쓰는 이름이지, 매킨타이어 가문처럼 '화목한 가정'에서 쓰는 이름이 아니다. 당연히 할아버지, 할머니는 몹시 불쾌했을 거다. 하지만 여기까지가 내가 할아버지, 할머니에 대해 알고 있는 전부다.

내 키는 153센티미터고, 밥을 먹고 난 뒤의 몸무게는 42킬로그램이다. 만약 내가 어떤 모습일지 잘 상상이 안 된다면, 힌트를 좀 주겠다. 스틱맨(Stick Man. '졸라맨'의 원조 캐릭터:옮긴이).

사춘기가 되면 키도 쑥쑥 크고 몸집도 불어날 거라고 생각하지만, 과연 그럴지는 확신하기 어렵다. 엄마의 키는 보통 수준이다. 그럼 아빠 키는? 아빠가 누구인지 엄마가 말해줄 리 없으니 나로서는 전혀 알 길이 없다. 만일 엄마가 하룻밤 연민의 정을 느꼈을 만큼 작고 비쩍 마른 사내라면, 앞으로 내 키도 그만큼밖에 크지 못할 것이다. 반대로 엄마가 한눈에 반했을 정도로 키가 큰 사내라면, 내게도 희망이 있다. 내 생각엔 2년 안에 둘 중 어느 쪽인지 알 수 있을 거다.

내가 아빠에 대해 아는 건 딱 세 가지뿐이다. 백인이라는 것. 남자라는 것.(설마 여자겠어? 나, 바보 아니거든. 이래봬도 성교육 시간에 A학점을 받았다구.) 그리고 갈색 눈을 가졌다는 것. 난 지금 마지막 사실에 대해 곰곰이 추측하고 있는 중이다. 엄마는 푸른 눈이고 난 갈색 눈이다. 과학 시간에 유전에 대해 선생님이 설명하길, 엄마 아빠 둘 다 푸른 눈을 가졌다면 갈색 눈의 아이는 나올 수 없다고 했다.

엄마는 아빠의 머리카락 색깔에 대해선 아무 언급이 없었다. 하긴 그걸 알아내봤자 달라지는 건 없다. 엄마의 머리카락은 빨간색에 가까운 갈색이다. 나와 똑같이. 엄마와 나는 보조개를 갖고 있고, 주근깨도 있으며, 손 모양도 똑같다. 내가 알아낸 바로는, 난 아빠를 많이 닮지는 않았다.

돈이 하나도 없다는 것, 이건 확실하다. 엄마는 오래도록 혼자 힘으로 살아왔으니까.

사실 100퍼센트 엄마 혼자의 힘은 아니었다. 우리 모자가 거리를 전전하지 않을 수 있었던 데에는 지역봉사 프로그램의 도움이 컸다. 엄마는 더 이상 술을 먹지 않는다. 누군가 가끔씩 전화해서 한잔 하자고 꼬드길 때를 빼면. 그리고 언젠가 한번 기저귀를 훔쳐 달아난 이후로 상점에서 물건을 훔치지도 않는다.(엄마의 말에 따르면, 그건 나 때문이었다. 두 살 반이 됐는데도 다른 아이들과 달리 내가 똥오줌을 가리지 못한 탓에 기저귀를 훔칠 수밖에 없었다는 거다.)

엄마는 늘 굴뚝에서 연기가 나듯이 담배를 피우고, 뱃사람들처럼 욕을 해대고, 거짓말을 입에 달고 산다. 햄버거와 소스를 잔뜩 얹은 도네어(케밥의 일종:옮긴이)로 매번 끼니를 때우면서도 그렇게 마른 몸매를 유지하는 걸 보면 신기하다. 난 엄마가 시도 때도 없이 화장실을 들락날락하면서 많은 칼로리를 소비할 거라고 생각한다.

엄마가 보기에, 대부분의 사람들은 정신박약자다.(물론, 엄마가 정확한 뜻으로 그 단어를 쓰는 건 아니다. 엄마는 좀 '오버'하는 경향이 있는데, 그냥 '다양한' 언어를 구사하는 거라고 보면 된다.) 엄마는 항상 누군가에게 시끄럽게 떠벌리고, 그에 대해 사과하는 사람은 늘 나다.

그런 점들이 엄마의 단점인데, 엄마도 그걸 알고 있다. 그래서 '노여움을 다스리기' 위해 노력하는 중이다. 그렇다고 해서 엄마가 나쁜 사람이란 말은 아니다. 일단 엄마의 짜증나는 면을 겪고 나면, 엄마가 사실은 예쁘고 마음씨 좋은 사람이란 걸 알 수 있다. 엄마는 세상의 주목을 받을 만큼 관대하고 친절하며 너그러운 일을 하는 사람들 이상으로, 관대하고 친절하며 너그러운 사람이다. 엄마는 누군가에게 '정신박약자'라고 말했다 하더라도, 다음번에는 그에게 마지막 남은 자기 감자튀김을 기꺼이 주는 그런 사람이다.

나는 엄마를 사랑한다.

모든 아이들이 자기 엄마를 사랑할 거다. 엄마를 사랑하지 않을 이유가 별로 없으니까.

법학사

::
법과대학 과정을 마친 사람에게 주는 학위
::

법대를 다닌 일은 질질 끌려 다닌 것이나 마찬가지였기에, 마침내 엄마가 졸업을 하게 되었을 때 나는 정말 기뻤다.

멋들어진 졸업식 행사를 구경하는 동안, 마치 내가 무대에 불려 올라가기라도 하는 것처럼 가슴이 쿵쾅거렸다. 내 말은, 그만큼 기뻤다는 거다.

이젠 더 이상 멍청한 시험을 보지 않아도 되기 때문이 아니었다. 더 이상 멍청한 강의에 수업료를 내지 않아도 되기 때문도 아니었다. 순전히 엄마가 그 일을 해냈기 때문이었다. 돌봐야 할 자식이 딸린 수다쟁이 고교 중퇴자가 법대를 졸업한 것이다. 졸업생 중에는 부유한 가정 출신과 명문 사립고등학교 출신들도 있었지만, 엄마가 해낸 것이다. 그 사실만큼은 인정해줘야 한다. 그건 정말 대단한 일이니까.

엄마는 자기 이름이 불리자 환한 미소를 지었다. (진심으로 말하는데) 법대 학장이 엄마에게 학위증을 건네며 포옹할 때, 나는 눈물이 날 지경이었다. 정말 놀랄 만한 일이 아닌가. 엄마는 그를 3년 내내 멍청이로 몰아붙이며 무슨 일이든 과장해서 떠들어대곤 했다.

"백인 남자 교수들이 너무 많아!"

"식당 주인들은 죄다 개를 싫어하나 봐!"

"여자화장실에 있는 비누는 친환경적이질 못해…… 색깔이 그게 뭐야. 분홍색이라니…… 게다가 너무 거칠어서 내 예민한 피부엔 안 맞는다니까!"

학장은 3년 내내 엄마의 탄원서를 읽고, 그녀를 지지하는 무리를 상대해야만 했다. 그보다 더 짜증나는 일이 있을까? 나라면 의자에 푹 들어앉아 아무 일도 아닌 척 무시했을 거다. 그런 그가 졸업식에서 엄마에게 포옹을 해주었다는 건 엄마의 진심이 조금이나마 통했다는 걸 보여주는 증거였다. 그러니 기쁠 수밖에.

뭐, 아무래도 좋다. 엄마는 항상 '옳은' 쪽을 옹호하는 사람이니까.

그렇더라도, 졸업식 이후엔 다소 안타까운 상황이 벌어졌다. 엄마와 법윤리학 강의를 같이 들었던 크레이그 벤비라는 저돌적인 사내는 엄마에게 호감을 갖고 있어서 평소처럼 그녀 주변을 서성거렸다. 결혼해 가족이 있는 나이 든 학생들 역시 엄마에게 상냥하게 축하의 말을 건넸다. 하지만 다른 사람들의 반응은 그렇지 않았다. 그들은 그동안 엄마에게 충분히 참을 만큼 참은 상태였다. 그들은 엄마와 악수하며 "행운을 빌어" 하고 인사했지만, 사실 속으로는 혹이라도 떼는 기분이었을 거다.

 엄마와 함께 수업을 들었던 남자들 대부분은 토론토나 밴쿠버, 또는 핼리팩스 해안에 늘어서 있는 근사한 법률사무소들 중 하나로 갈 예정이었다. 엄마는 의뢰인들로부터 얼마나 많은 돈을 뜯어낼 수 있는지에만 관심 있는 '정신박약 기업'에 굽실거리며 일하지 않겠다는 뜻을 분명히 했지만, 솔직히 나는 엄마를 믿지 않았다. 엄마는 큰 회사들의 면접 기회조차 얻을 수 없었다는 사실에 화가 난 것 같았으니까. 엄마는 다른 사람들이 자기보다 잘났다고 생각하는 걸 무척이나 싫어했다.

 어쨌거나 나로서는 엄마가 어떤 일이든 돈 버는 일을 하게 되어 기쁠 따름이었다. 엄마의 표정은 괜찮아 보였지만, 분명 면접에서 문제가 많았을 거다. 인사 담당자에게 엄마가 어떤 모습으로 비쳤을지는 안 봐도 비디오다. 온갖 거드름을 피웠을 테지. 마치 자기가 회사에 꼭 필요한 존재이니 제발 와달라고 부탁해야 한다는 듯이 말이다.

 엄마의 그런 태도가 아툴라 바르마를 당황스럽게 한 것 같지는 않았다. 아툴라는 엄마를 연수생의 형태로 채용했다. 일종의 수습사원이나 마찬가지였다. 누구든지 법률사무소에서 1년 정도 일해야만 진짜 변호사가 될 수 있다. 수습으로 일할 때는 월급이 많지 않다. 특히 아툴라 밑에서 일할 때라면 더더욱 그렇다.

아툴라를 탓하려는 건 아니다. 이 바닥이 원래 그렇다. 대형 법률사무소들은 돈을 긁어모으기 때문에 수습사원에게도 충분한 월급을 주지만, 아툴라는 시내의 정말 보잘것없는 구석에서 혼자 법률사무소를 운영한다. 그녀의 고객은 죄다 가난한 사람들이다. 그들 형편에 많은 돈을 낼 수 없기 때문에, 그녀도 엄마에게 월급을 많이 줄 수 없는 거다. 하지만 아무래도 상관없다. 월급이 위층의 이웃집 아이를 돌봐줄 때 받았던 것보다 훨씬 많으니까.

사실 아툴라는 엄마가 좋아하는 스타일이다. 그녀는 다른 사람들이 좋아하지 않더라도 자신의 생각대로 소신 있게 말하는 사람이고, 겉으로 보이는 것과 달리 실제로는 제법 괜찮은 사람이다.

그녀는 자기 아들이 작아서 못 입는 옷가지들을 가끔씩 내게 갖다 준다. 지금 입고 있는 타미힐피거(미국의 유명 메이커:옮긴이) 스웨터도 주었는데, 자기 아들은 '거대 다국적기업의 걸어 다니는 광고판'이 될 수 없다는 이유로 엄마가 상표를 테이프로 덮어버리기 전까지 내가 정말 좋아했던 옷이다.

이런 게 바로 엄마만의 전형적인 성격이다.

유명 상표의 스웨터는 입으면 안 되지만, 매일 밤 맥도널드 햄버거를 먹는 일은 허용된다. 맥도널드는 거대 다국적 기업이 아니래나 뭐라나. 엄마는 아래층에 있는 카밀 아저씨의 피쉬&칩(생선튀김에 감자튀김을 곁들인 음식:옮긴이) 가게에서 파는 것보다 맥도널드의 감자튀김을 훨씬 더 좋아한다.

아툴라 역시 대단한 사회적 양심을 가지고 있지만, 최소한 그녀는 합리적인 사람이다. 이미 말했듯이, 그녀는 아들에게 유명 상표의 옷을 입히니까.

아툴라의 주된 일은 이민법에 관련된 것(미국으로 이민 오는 사람들을 돕는 일)인데, 그녀는 다른 법적인 문제들도 많이 떠맡고 있다. 고객들이 안고 있는 문제는 참 가지가지로 많다. 그들의 삶이 얼마나 엉망인지 듣는다면 도무지 믿기 어려울 거다. 그들은 재산 상태가 안 좋아서, 큰돈을 챙기기 위해 누군가에게 소송을 거는 사람들이 아니다. 그들은 비디오플레이어를 누가 가져갈 것인지를 놓고 헤어진 애인과 싸운다. 또는 거실 카펫에 떨어진 얼룩 때문에 집주인과 싸우거나, 정부가 주는 생활보조금을 13달러 더 받으려고 행정당국과 싸우거나, 신장병으로 고생하는 자녀의 약값을 충당하기 위해 무슨 일이든 하려고 덤벼든다.

대부분의 사람들에게는 그 돈이 별 도움이 되지 않겠지만, 그들에게는 도움이 되는 액수다. 그들은 가진 게 아무것도 없으니까. 말 그대로, 아무것도 가진 게 없다는 뜻이다.

아마 여러분은 내가 아툴라의 고객들에 대해서 어떻게 그 많은 것을 알고 있는지 궁금해할지도 모르겠다.

그 이유는 간단하다.

우리 엄마가 제정신이 아니기 때문이다.

정신장애

::
사물을 판별하거나 의사를 결정할 능력이 불완전한 상태
::

정말이다. 엄마는 정상이 아니다. 아직 아무도 엄마를 가둬놓지 않았다는 게 놀라울 뿐이다.
아, 맞다. 갇혔지. 하지만 그건 좀 다른 얘기다. 그 얘긴 나중에 하겠다.
어쨌든, 작년 여름은 내 인생에서 가장 꿀맛 같은 여름이었다.
우리가 좀 '부자'가 되었다고(나 참 웃겨서), 엄마는 방학 때 날 돌봐줄 사람을 찾고 있었다. 하지만 누군가에게 맡기기엔 내 나이가 너무 많지 않느냐며 간신히 엄마를 설득했다. 엄마가 뭐라고 말하든 간에, 난 10년 연속으로 그 짜증나는 주간 어린이 캠프에 가고 싶지 않았다.
엄마를 설득하기란 쉬운 일이 아니었다. 엄마는 진짜 편집광적이다. 평소 엄마가 나 혼자 하도록 내버려두는 일이 있다면 화장실에 가는 것뿐인데, 그마저도 용변 보는 시간 중 절반은 문 밖에서 서성거린다. 도대체 엄마에게 무슨 문제가 있는 건지 모르겠다. 엄마는 내가 잠시라도 눈에 안 보이면, 불량소년들이랑 어울려 담배를 피우거나 도둑질이라도 할까 봐 걱정하는 모양이다.

엄마가 새 일자리를 얻게 되어 기뻤기 때문인지, 아니면 단지 생활에 변화를 주고 싶었기 때문인지 몰라도, 이번 설득은 효과가 있었다. 엄마는 적절한 행동에 관한 147개나 되는 지침을 하달했지만, 쳇, 누가 그걸 신경이나 쓴대? 결국 엄마는 잠시 동안 스스로 나를 돌보는 걸 허락했다.

내 생애에 최고의 2주를 꼽으라면, 그건 켄달 랭킨과 스케이트보드 연습장에서 놀았던 시간이다. 정말 최고였다. 마침내 알리(보드 뒷부분을 한 발로 튕겨서 하는 점프:옮긴이)라는 기술을 터득했고, 팝샤빗(보드 뒷부분을 튕겨서 180도 돌려 타는 기술:옮긴이)도 점점 좋아졌다. 내가 그 기술을 선보였더니 한 여자애가 "와우" 하고 감탄하기도 했다. 나 같은 꼬마가 메리 맥아이작 같은 여학생으로부터 그런 반응을 얻는 게 흔한 일은 아니다.

그러나 엄마는 내 말과 달리 켄달이 멍크톤에 사는 아버지와 여름을 보내는 게 아니라 나랑 놀고 있다는 걸 알게 되었고, 그 애와의 만남은 그걸로 끝이었다. 나는 엄마가 왜 켄달을 싫어하는지 이해할 수 없었다. 엄마는 그 애가 나한테 나쁜 영향을 줄 수 있다고 판단한 모양이다. 하지만 스케이트보드를 타는 게 무슨 나쁜 짓이라도 되나? 켄달은 그저 스케이트보드를 좋아할 뿐이다. 그 애는 엄마가 그 나이 때 그랬던 것처럼 술을 먹는 것도 아니고, 질 나쁜 사람들과 어울리는 것도 아니다(물론 엄마가 나를 질 나쁜 사람으로 여기지 않는다면 말이지).

켄달과 엄마에 대해서는 더 이상 말 시키지 말길 바란다. 나는 바로 아툴라의 사무실로 돌아가 엄마를 도와줘야 했다. 물론 수고비는 한 푼도 못 받고 말이다. 그렇게 해서 내가 아툴라의 고객들 사정을 뻔히 꿰게 된 것이다.

나는 지난여름 내내 믿을 수 없을 만큼 조잡한 사무실에서 시간을 보냈다. 사무실이 대체 어떤 꼴인지 힌트를 약간 준다면, '바르마 법률사무소'라고 쓰인 초록색 종이 간판이 출입문에 테이프로 고정되어 있었다. 게다가 아툴라가 쓴 그 글씨는 매직펜으로 쓴 것이었다! 그걸로 방문하는 고객들에게 최고라는 인상을 심어준다는 건 있을 수 없는 일인데, 특히 그 밑에 '제발 조용히 해주세요! 여기는 법률사무소입니다!!!'라고 쓴 글자들을 보면 더 그랬다.

그렇지만 한 층을 더 올라가면 일급 변호사를 기대하기는 힘들다는 걸 확실히 알아차리게 된다. 처음 방문하는 사람들이 거리에서 건물로 들어섰을 때 맡을 수 있는 냄새라곤, 뭔가 좀 천하다고 할까, 오줌 냄새 같기도 하고, 어쩌면 상한 참치 샌드위치 냄새일지도 모르겠다. 혹은 죽은 쥐 냄새. 구역질나기에 충분한 냄새였다. 나는 항상 문을 열기 전에 크게 숨을 들이마신 다음, 사무실을 향해 위층으로 뛰어 올라가곤 했다.

내가 맡은 공식 업무는 전화 받기였다. 하지만 실제로 내가 한 중요 업무는 고객들이 아툴라의 머리카락을 붙잡고 늘어지지 못하게 해서 그녀가 일을 마무리할 수 있게 하는 것이었다.

내 자리는 한쪽 다리를 치킨수프 깡통이 지탱하고 있는 커다란 나무 책상 뒤의 작은 대기실이었다. 전화벨이 울리면, 나는 고객으로부터 되도록 자세한 얘기를 들었다. 만약 긴급한 사안이라면, 아툴라의 방문을 노크한 후 그녀에게 전화를 바꿔주었다. 고객에게 기다릴 여유가 있을 때, 전화를 건 사람의 이름과 연락처를 받아 적고 아툴라가 나중에 전화할 거라고 말해주었다.

처음 일을 시작한 이틀 동안, 나는 전화벨이 울릴 때마다 아툴라의 방문을 두드렸다. 누구나 자기 문제가 '정말, 정말 급하다'고 말했기 때문이다. 당연한 말이지만, 아툴라는 기뻐하지 않았다.

"대체 왜 이러니, 시릴? 지금 무지 바쁜 거 안 보여? 이런 건 긴급 상황이 아니야. 그러니까 그 문 닫고 나가서 제발 머리를 쓰란 말이야."

엄마는 내가 아툴라를 귀찮게 하려고 그런다고 생각하는지 나를 째려보았다. 정말 그건 아니었다. 내가 진짜 하고 싶은 일은 따로 있었다. 그 일을 하도록 놔둔다면 말이다. 하지만 그런 사실을 엄마나 아툴라는 전혀 눈치 채지 못하고 있는 듯했다. 그래서 나는 두 사람의 눈치를 봐가며 걸려온 전화의 내용을 몰래 받아 적었다.

그날 일이 끝날 무렵, 내 손은 경련을 일으킬 지경이었다. 전화 한 통 때문에 그놈의 핑크색 메모지를 무려 열 장이나 쓴 적도 있으니까. 어느 누구도 "나예요, 달린 즈위커. 이혼 절차가 어떻게 진행되는지 궁금해서 전화했어요"라고 간단히 말하지는 않았다. 하나같이 자기 인생에서 가장 길고도 복잡한 사연들뿐이었다. 그저 횡설수설을 계속할 뿐이었다.

"아툴라한테 오늘은 정말로 이혼소송이 어떻게 진행되고 있는지 알아야겠다고 전해주세요. 지난주에 프레디랑 내가 다시 합쳐서 모든 일이 잘 돌아가고 있으니 소송을 그만두겠다고 말했거든요. 그래야 내가 생활보조금을 다시 받을 수 있고, 음, 그걸로 집세랑 뭐 다른 것에도 쓸 수 있거든요. 지난 3월에 프레디랑 나 사이에 문제가 있었는데, 잠깐, 아니다, 3월이 아니네. 2월이네요. 그때 그 사람이 술을 끊었기 때문에 기억나요…… 내 얘기 듣고 있죠?"

그럼요, 그럼요.

난 그저 모두 받아 적었다. 뭐가 중요하고 뭐가 중요하지 않은지는 아툴라가 판단할 테니까.

전화가 오지 않을 때는 대기실에서 고객들을 상대해야 했다. 사전에 약속을 했든 안 했든 간에, 사람들은 불쑥 나타나 자리를 차지하고는 아툴라나 엄마가 말을 건넬 때까지 기다렸다. 대기실은 정오 무렵이면 사람들로 꽉 찼고, 정말 심한 악취가 났다. 나는 고객이 오면 대기실로 신청서를 갖다 주었는데, 그때마다 누군가 내 얼굴에 땀투성이의 커다란 크림파이를 집어던진 것 같은 냄새가 날 덮치곤 했다. 그러니 아툴라가 따로 고객을 맞이하는 직원을 둘 수 없는 게 당연하다는 생각이 들었다. 그곳은 여름 내내 매일같이 그 모양인데, 엄마가 나한테 그 일을 시키기 전까지 아툴라가 과연 어떻게 견뎌냈을지 궁금하기도 했다.

잠깐. 매일 그랬던 건 아니다. 어떻게 그걸 까먹을 수 있지? 8월 20일, 바로 내 생일. 그날은 거의 사람이 오지 않았다. 그건 나한테 최고의 생일 선물이었다. 그런데 그날 내가 홀가분하게 있을 수 있었던 것은 시내의 오래된 건물, 메이슨홀에 발생한 화재 때문이었다. 큰 화재가 발생해 건물이 홀랑 타버리고 사상자들이 앰뷸런스에 실려 가는 상황에서 그걸 구경하는 것보다 중요하고 긴급한 일이 있을 리 없었던 것이다.

어쨌거나 다시 본론으로 돌아와서, 나는 때때로 고객들 간에 벌어진 다툼을 중재하기도 했다. 다툼이래봤자 하나밖에 남지 않은 의자가 누구 것이며, 누가 잡지를 읽을 차례인가 하는 사소한 것들이었다. 그러니 대개의 경우 난 그저 그들의 말싸움을 듣고 있어야만 했다.

그보다 더 괴로운 일은 너나 할 것 없이 당장 변호사를 만나야 겠다고 우기는 것이었다! 어떤 사람들은 영어를 잘 못하는 것에 대해 내가 미안해질 정도로 미안해하며 하소연했고, 어떤 사람들은 내가 한국어만 알아듣지 못한다고 생각하는지 고래고래 소리를 질렀다. 그런가 하면 영화 각본을 쓴다는 한 사내는 우리한테 자기가 정말 큰 도움이 될 거라고 떠벌리기도 했다. 어디 그뿐인가. 자기가 마돈나의 개인 트레이너라는 둥, 당장 복지부에 전화해서 문제를 해결해주지 않으면 가만있지 않겠다는 둥! 그럴 땐 죄다 미친 사람들만 있는 것 같았다.

나는 엄마랑 저녁으로 먹을 햄버거와 감자튀김을 사러 나갈 때면 아툴라의 고객들을 놓고 입방아를 찧곤 했다. 그렇게 흉을 보며 웃고 즐기는 게 당연하다는 생각이 들었다. 그 사람들이 내 여름을 망치고 있었으니까.

물론, 엄마는 그런 말을 들을 때마다 거의 발작을 일으킬 지경이었다. 아랫입술을 내밀고 가늘게 뜬 눈으로 날 째려보면서 사납게 쏘아붙였다.

"도대체 네가 어떻게…… 시릴…… 플로이드…… 매킨타이어, 다른 사람도 아니고 네가 그 사람들한테 그런 말을 할 수 있는 거니? 네 멍청한 머릿속에는 엄마가 그동안 가르쳐준 게 하나도 없단 말이니? 넌 이 사람들이 가난한 삶을 스스로 선택했다고 생각하는 거야? 그래? 그렇게 생각해? 넌 이 사람들이 스스로 선택해서 아픈 거라고 생각하니? 아니면 정신적으로 문제가 있거나? 혹은 교육을 제대로 못 받아서? 그것도 아니면 사회제도의 피해자이거나? 그래? 정말 그럴까? 자, 대답해보렴. 대답해보란 말이야!"

그럴 때면 엄마는 완전히 사이코처럼 변했다. 사람들이 자기를 업신여겼던 얘기, 열다섯 살의 나이에 유모차를 끌어야 했던 얘기, 그리고 '최소생계비'를 충당할 돈조차 벌지 못했던 얘기를 하는 부분에 이를 때쯤이면 입안에 들어 있던 음식이 사방으로 튀었다. 엄마가 그런 얘기를 할 때 영화 〈정글북〉에 나오는 노래를 흥얼거리는 멍청한 짓은 하지 말아야 하는데, 한 번도 마음먹은 대로 되지는 않았다. "넌 이게 그렇게 웃기는 소리로 들리니?"라며 설교가 시작되는 시점이 바로 그때였다. 엄마는 점원이 목소리를 낮춰달라고 하거나, 담배를 피우기 위해 밖으로 나갈 수밖에 없을 때까지 계속 설교를 늘어놓았다.

엄마는 내가 아툴라의 고객들에 대한 우스갯소리를 그만둔 것이 그런 '설교' 덕분인 줄로만 생각했다.

엄마가 내 인생에 대해 얼마나 사소한 부분만을 알고 있는지 얘기해주겠다.

학대

::
의도적으로 고통을 가하는 행위
::

엄마가 도서관에 법률자료를 찾으러 가거나 유치장으로 의뢰인을 만나러 갈 때면, 아툴라는 나를 스케이트보드 연습장 근처로 별 의미 없는 심부름을 보냈다. 그녀는 돈을 주며 스탬프나 스테이플러 같은 것을 사 오라고 했다.

"잔돈은 가지거라. 그리고 엄마가 오기 전까지 돌아오는 거, 잊지 말고."

그러면서 윙크를 보냈다.

나는 바로 집에 가서 스케이트보드를 챙기고 가게에서 음료수를 산 다음 연습장으로 향했다. 주중엔 언제든 그곳에서 켄달을 만날 수 있었다. 그 애가 그곳에 있다는 건 연습장 주변에 여자애들이 진을 치고 있다는 뜻이기도 했다.

나는 머리카락이 너무 헝클어지지 않았는지, 셔츠는 제대로 입었는지 늘 확인했지만, 켄달은 여자애들을 전혀 의식하지 않는 것 같았다. 켄달은 키도 크고 얼굴도 잘생겨서, 학교에서 잘나가는 여자애들이 늘 그 애 주변을 얼쩡거렸다.

켄달은 내가 나타나면 "안녕" 하고 인사를 건넸지만, 스케이트보드 타기를 멈추진 않았다. 연습장에서 우리는 각자 기술 연마에만 열중했다. 우리가 보드 타기를 멈추는 건 몸에서 열이 날 때뿐이었다. 그럴 때면 우리는 정글짐 옆의 커다란 나무에 잠시 몸을 기대고 숨을 헉헉거렸다. 그때가 바로 여학생들이 어슬렁거리며 들어오는 때였다.

나는 모든 여학생들이 오직 켄달에게만 관심을 쏟는다는 걸 안다. 하지만 너무하는 거 아냐! 나도 그런 기회를 놓치고 싶지 않다. 세상 모든 여자들이 키 크고 잘생기고 멋지고 운동도 잘하는 남자만 좋아하는 건 아닐 테니까 말이다. 한 예로, 켄달의 주변을 얼쩡거리는 여학생들이 그리 많은 건 아니다. 또 하나, 키는 작지만 날씬하고 재미있는 남자도 있는 법이다. 바로 나 같은!

그래서 나는 켄달에게 엄청 큰 소리로 아툴라의 멍청한 고객들 얘기를 하기 시작했다. 켄달은 이혼소송 중인 달린과 프레디가 노래하는 물고기 트로피를 누가 가질 것인지를 놓고 싸우는 대목에서 웃음을 터뜨렸다. 그러자 주변의 여자애들도 모두 따라 웃기 시작했다. 나는 이 분위기의 중심이 바로 나라는 걸 느꼈다.

여자애들이 나한테 관심을 보이기 시작했으니까.

나는 서른 살이나 먹은 지적장애인 토비가 틈만 나면 엄마(마지부인)에게 애칭을 불러달라고 조른다는 얘기로 넘어갔다. 입술에 침을 묻히고 열을 올리며 "엄마, 제발요오~~~!" 하고 흉내 냈을 때, 도리안과 알렉사는 웃겨 죽겠다며 난리를 쳤다. 그런데 그때 켄달이 끼어들었다.

"그만 좀 해줄래? 얘기 그만 할 수 없어?"

지금 생각하면 정말 웃기는 거지만, 나는 켄달이 왜 그런 말을 하는가 싶어 잠시 고민에 빠졌다. 여자애들이 갑자기 입을 다무는 바람에, 나는 사람들에 둘러싸인 치와와라도 된 듯 괜스레 무안해졌다. 나는 계면쩍은 미소를 띤 채 그저 멍하니 서 있을 수밖에 없었다.

나는 아마 "미안", 또는 "그냥 웃자고 한 소리야"라고 말했던 것 같은데, 켄달은 이렇게 대꾸했다.

"난 하나도 안 재미있어. 그 사람은 그냥 다정한 소리를 듣고 싶은 것뿐이라구. 그게 뭐 어때서?"

여자애들이 놀라 눈을 크게 뜨고 켄달을 쳐다보았다. 나는 그 애들이 이렇게 생각하고 있다는 걸 알았다. 쟤는 키 크고 잘생기고 운동만 잘하는 줄 알았더니, 마음씨도 정말 따뜻하구나.

여자애들은 내가 달려오는 차에 새끼 고양이 한 마리를 집어던지기라도 한 것처럼 나를 쳐다보았다.

내 기분은 창고처럼 뒤죽박죽이 되었다. 내가 그런 멍청한 짓을 하다니, 믿을 수가 없었다. 토비의 얘기로 그렇게 희희낙락하다니, 나는 얼마나 이기적인 녀석인가?

하지만 켄달은 헬멧을 다시 쓰고는 아무 일도 없었다는 듯이 말했다.

"자, 스케이트보드 탈 거야, 말 거야?"

우리 둘은 다시 보드를 탔고, 켄달은 그 얘기를 다시는 꺼내지 않았다.

정말 한심한 게 뭔지 알아? 만약 켄달이 내 우스갯소리에 호응을 했다면, 난 지금도 토비 얘기를 지껄이고 있을 거다. 웃기지, 안 그래?

정말 불쌍하지 않아?

자기부죄거부특권

::
자신에게 형사상 불리한 증언을 하지 않을 권리
::

9월 17일 밤, 존 휴 길리스는 그날도 어김없이 악취를 풍기며 대기실에 누워 있었다. 볼 때마다 오싹한 기분이 들게 하는 엘모어 히멜먼도 골칫거리였는데, 길거리에서 허공에 소리를 지르거나 행인들을 위협하는 걸 보면 빨리 정신병원에 보내야 하는 게 아닌가 하는 생각이 들었다. 한편 달린과 프레디 커플은 여전히 날 환장하게 만들고 있었다. 계속 결혼생활을 하겠다는 건지, 이혼하겠다는 건지. 하긴, 그들이 어떤 결정을 내리든 난 상관없었다. 그저 우리를 가만 내버려뒀으면 하는 마음뿐이었다.

스케이트보드 연습장에서 그 일이 있고 난 후, 나는 아툴라의 고객들을 멍청이라고 생각하진 않게 되었다. 그렇다고 그들과 어울리고 싶은 건 아니었지만(루카스 씨는 예외인데, 그 나이치곤 꽤 재미있는 분이다). 그들 중 대부분은 꽤나 괜찮은 사람들이다. 나와 비교해도 훨씬 나은 건 물론이다. 토비와 마지 부인에 대해선 정말 기분이 뭐했는데, 그들이 어느 날 4.98달러나 하는 도넛 점보 팩을 사 와서 모두에게 나눠주었을 때 특히 그랬다. 나는 그들이 무일푼이라는 걸 알고 있었다(정부로부터 한 푼이라도 더 받아내려는 게 그들이 아툴라를 찾아오는 이유다).

엄마는 고객들과 나의 관계가 훨씬 좋아졌다는 걸 알고는, 여름 동안 내가 얼마나 '일취월장'했는지 일장 연설을 하기 시작했다. 엄마는 자기가 정말 대단한 보호자라는 뉘앙스를 풍기며 말했다(마치 자기가 대단한 기여라도 한 것처럼 말이다). 기분이 나빠진 나는 켄달에 대한 얘기를 해버렸다. 엄마가 싫어하는 켄달 덕분에 내가 '일취월장'했다는 걸 알았을 때 엄마의 얼굴이 과연 어떻게 변할지 보고 싶었기 때문이다. 하지만 난 바보가 아니라서, 아툴라가 날 스케이트보드 연습장에 가도록 눈감아주었고 결과적으로 내가 엄마를 속인 셈이라는 얘기 따윈 하지 않았다.

나는 그 일에 관해 계속 입을 다문 채 지냈다. 그럭저럭 상황이 호전되고 있었다. 엄마는 자기한테 딱 맞는 완벽한 직업을 얻었다(사람들과 언쟁을 벌이면서 돈을 받으니까). 우리에겐 얼마만큼의 돈도 생겼다. 나에게도 약간의 자유가 생겼고.

세상 모든 일이 '새옹지마'라고 했던가.

업무상 과실

::
업무상 필요한 주의를 태만히 하는 행위
::

어느 날 저녁, 엄마와 나는 스크래블(가로세로로 영어 철자를 연결해 가는 보드게임의 일종:옮긴이)을 하고 있었다. 큰 점수 차로 지고 있는데도 엄마의 기분은 아주 좋아 보였다. 이민자 지원센터의 개관식에 참석하고 막 돌아온 엄마는 마침내 센터가 문을 열게 된 걸 정말 기뻐하는 눈치였다.

그래, 그럴 만도 했다. 지원센터의 명예회장이 몸소 엄마와 아툴라를 상석에 앉히고, 연설 때 엄마의 이름을 언급하며 감사 표시를 하기까지 했으니까. 엄마가 마치 거물급 인사라도 되는 것처럼 말이다. VIP(물론 VIP 맞다. 'Very Insane Person'). 법대 동창생인 제임스 모니한과 그 거만한 동료들이 행사장에 도착하는 바로 그 순간, 멋진 초록색 BMW의 문을 열고 발을 내디딘 것에 엄마가 얼마나 감격했을지 여러분은 상상도 못 할걸? 제임스는 굴

지의 법률사무소에 다니고 엄마는 고작 아툴라의 사무실에서 일할 뿐이지만, BMW에서 내린 사람은 바로 엄마였다는 사실! 엄마 인생에서 그보다 멋진 일이 있을까.

엄마가 그런 생각에 잠겨 있다는 걸 알았지만, 나는 아무 내색도 하지 않았다. 나는 제자리에 놓인 단어들을 보고 고개를 끄덕이면서 흥미롭다는 표정을 지었다. 엄마가 일말의 희망을 버리지 않고 있을 때, 나는 'defunct' 단어를 내려놓으면서 세 배의 점수를 얻었다. 'ax'를 'tax'로 바꾸며 얻은 점수 10점을 빼고도 89점. 그러자 엄마의 얼굴에서 웃음기가 사라졌다. 이제 날 따라잡을 방법은 없었다. 속임수를 쓰지 않는다면 말이지.

갑자기 엄마가 나더러 우편함에 가서 우편물이 왔는지 확인해보라고 했다. 그거야말로 엄마가 어떤 단어가 남아 있는지 볼 수 있는 유일한 기회였다. 그래서 그런 말을 했더니, 엄마는 화를 냈다.

속임수를?

엄마가?

사실 그딴 건 엄마하고는 정말 거리가 먼 얘기다! 엄마는 단순히 그날 우편함을 확인하는 걸 깜박했고, 잃어버린 열쇠를 전쟁상이용사 협회에서 보내줬는지 알고 싶은 것뿐이었다.

그 사실로 내 얼굴에서도 웃음기가 싹 사라졌다.

엄마가 또 열쇠를 잃어버리다니! 애들보다도 못하다니까. 엄마는 정말 정신이 없는 사람이다! 도대체 뭐가 문제일까? 엄마는 항상 뭔가를 흘리고 다니고, 할 일을 까먹고, 살림을 엉망으로 만든다. 늘 이 모양인데, 어떻게 좋은 변호사가 될 수 있겠어?

이건 농담이 아니다. 진지하게 하는 말이다. 만약 변호사가 작은 증거 하나라도 놓치고, 제때에 서류를 제출하지 못하거나 공판에 출석하지 못한다면 낭패를 보게 될 게 뻔하다. 그런 사소한 실수 때문에 소송에서 질 수도 있다. 업무상 과실로 소송을 당할 수도 있다. 변호사 자격을 박탈당하고 더 이상 변호사로 일할 수 없게 될지도 모른다.

단지 열쇠 꾸러미를 잃어버린 것에 불과하지만, 난 정말 엄마가 걱정되었다. 엄마 인생이 또다시 엉망이 되는 걸 보고 싶지 않았다. 엄마가 다시 남의 집 보모 일을 맡고 항상 슬픔에 잠겨 있는 모습을 보고 싶지 않았다. 우리가 다시 비행청소년 모자라는 취급을 받는 게 싫었다.

나는 스크래블 조각들이 든 가방을 들고(그래야 엄마가 유리한 단어를 꺼내 볼 수 없을 테니까) 편지를 확인하러 갔다.

현관문을 열었을 때, 난 거의 혀를 삼킬 만큼 깜짝 놀랐다. 긴 머리의 웬 사내가 우리 집 편지함에 손을 집어넣고 있었다.

우편물 무단수취

::
타인 명의의 우편물을 무단으로 받아 개봉할 경우,
형사법상 범죄로 처벌받는다.
::

그 사내도 나만큼 놀랐던 것 같다. 하지만 그는 남의 우편물을 뒤적이는 게 별 일 아니라는 듯 "안녕" 하고 인사를 건넸다.

"지금 뭐 하시는 거예요?"

엄마는 부엌에 있었기 때문에 나는 되도록 큰 소리로 말했다. 그러자 그가 함박웃음을 지어 보였다. 무척이나 낙천적인 사람인 것 같았다.

"아이고, 미안하구나. 내가 찾아온 곳이 여기가 맞는지 확인하느라 그랬지."

그는 상이용사 협회에서 온 편지를 건네며 물었다.

"열쇠를 잃어버렸니?"

나는 그를 힐끗 노려보았다. 이렇게 계속 말을 건네면 자기가 우리 우편물을 훔치려 했단 사실을 내가 잊어먹을 거라고 생각하는 거야, 뭐야? 내 생각엔 그런 것 같았다.

그는 떠버리처럼 계속 말을 이었다.

"상이용사 협회가 정말 대단한 일을 하는 것 같지 않니? 열쇠고리에 그들이 파는 액세서리를 사서 달면, 열쇠를 잃어버리더라도 그걸 주운 사람이 아무 우편함에나 넣기만 하면, 상이용사 협회에서 주인을 찾아준단 말이지! 주인은 열쇠를 다시 찾고 팔다리를 잃은 그 사람들은 도움을 받고. 정말 대단해, 안 그래?"

나는 고개를 절레절레 흔들며 별 시답잖은 소릴 다 듣겠다는 듯 코웃음을 쳤다.

"그 사람들 광고를 보기나 하셨어요?"

나는 최대한 비꼬듯 말했다.

"그 사람들이 알면 당장 광고모델로 쓰겠네요."

그는 껄껄대며 웃었다.

"사실, 그렇단다."

그러고는 덧붙여 말했다.

"아직 내 소개를 안 했구나. 바이런 쿠벨리어라고 한다."

그는 오른손을 내게 내밀며 흔들었다.

그에게 오른손이 없음을 알게 된 건 그때였다.

가명

::

일시적으로 꾸민 이름

::

오른손이 달려 있어야 할 곳에 울퉁불퉁하고 자줏빛이 도는 팔 끝부분만이 남아 있었다. 실밥으로 꿰매어진 온갖 상처들이 보였다. 내가 형편없는 놈이 된 듯한 느낌이 들었다. 토비 얘기를 웃음거리로 삼았을 때만큼이나.

반면, 바이런은 무척이나 즐거워하고 있었다.

"아이고, 미안. 내 손이 다른 옷 주머니에 있는 것 같구나."

그러더니 팔 끝부분으로 나를 쿡 찔렀다.

나는 뒤로 펄쩍 물러섰다. 놀라서 죽는 줄 알았다.

"내가 널 괴롭히기라도 할까 봐 겁먹은 거니?"

하하.

"손을 잃은 후론 누굴 괴롭히지도 못하겠구나."

민망해진 나는 그저 헤헤 웃었다. 아까 광고모델이 어쩌고저쩌고 해서 쪽팔렸을 때부터 말과 행동을 조심해야겠다는 생각을 하고 있었다.

그가 물었다.

"꽥꽥이 여사는 집에 있니?"

꽥꽥이 여사?

"아뇨. 집을 잘못 찾으신 것 같네요."

휴, 다행이었다.

"난 그렇지 않은 것 같은데."

그는 그렇게 말하며 토크쇼에서나 볼 수 있을 법한 과장된 미소를 지어 보였다. 자기가 록 스타라도 되는 양 착각하는 30대의 사내를 마주 보고 있는 것보다 더 측은한 일이 있을까?

"아…… 죄송하지만, 여긴 저랑 엄마랑 단둘이 살거든요."

"알고 있단다."

그가 이어 말했다.

"그래서 네 엄마를 만나러 온 거야. 그러니까 너무 까탈 부리지 말고……."

내가 자기한테 뭘 어쨌다고?

"꽥꽥이 여사한테 가서 내가 왔다고 전하렴."

그때까지 난 이 광고모델에게 반감을 갖고 있지는 않았다. 그저 이 시답잖은 인간을 어서 쫓아내고 싶을 뿐이었다.

"정말이라니까요. 우리 집에 꽥꽥이 여사란 사람은 살지 않는다구요. 아시겠어요?"

나는 집 쪽으로 몸을 돌려 소리를 질렀다.

"꽥꽥이 여사! 이봐요, 꽥꽤액~이! 여기 웬 신사분이 찾아오셨네요!"

그러고는 바이런을 쳐다보며 웃었다. 엄마가 이 남자를 어떻게 대할지는 불 보듯 뻔한 일이기 때문이었다.

기다리는 시간은 길지 않았다. 엄마가 쏜살같이 내려와서 두 팔로 나를 붙잡았다. 엄마는 내 얼굴을 으깨듯 자기 목 쪽으로 끌어안았다. 난 엄마가 떨고 있다는 걸 느낄 수 있었다.

엄마는 작은 소리로 말했다.

"어떻게 날 찾은 거야, 쿠벨리어?"

협박

::
타인에게 어떤 일을 하거나 하지 못하도록 폭력을 사용하거나
위협하는 행위
::

"뜻이 있는 곳에 길이 있는 법이지, 푸른 눈 아가씨."

이런, 웩.

바이런은 느끼함의 극치를 달리고 있었다. 촌스럽기 짝이 없었다.

"나한테 푸른 눈 아가씨라고 부르지 말랬지!"

엄마는 그의 싸구려 인조가죽 재킷에 침을 튀겨가며 고래고래 소리를 질렀다.

"알았어, 꽥꽥이 여사."

"꽥꽥이 여사라고 부르지도 말란 말이야."

바이런은 단지 엄마를 기쁘게 해주려 했을 뿐이라는 듯 어깨를 들썩거렸다.

"그럼 뭐라고 불러야 할지 모르겠네, 달링? 앤? 앤젤라? 앤드

리? 매켄지? 매클라우드? 매킨타이어? 뭐라고 부르면 그대가 기뻐하겠어?"

그러자 엄마가 한바탕 쏘아붙였다.

"날 기쁘게 하려면 당신이 여기서 사라져주면 돼. 또다시 당신의 역겨운 얼굴을 보게 되면, 그땐 경찰을 부를 거야."

바이런은 그 자리에서 꼼짝하지 않았다. 그는 잠시 자기 신발을 내려다보다가 갑자기 웃음을 터뜨렸다.

"이런, 내가 그대라면 그러지 않을 것 같은데. 그댄 자녀를 앞에 두고 부모가 이런 식으로 얘기하는 걸 경찰이 어떻게 생각할지 전혀 모르는 것 같군 그래. 특히 그대의, 뭐랄까, 과거와 관련 있는 부모가……."

엄마의 얼굴이 빨갛게 변했다. 난 엄마가 다시 한 번 쏘아붙이길 기대하고 있었다. 하지만 엄마는 한참 동안 아무 말도 하지 못했다.

잠시 후 엄마는 나를 보며 이렇게 말했다.

"시릴, 네 방으로 가렴. 라디오 볼륨을 크게 올리고 문도 닫아."

나는 어리둥절했다. 그곳에 계속 남아 무슨 일이 일어나는지 보고 싶었기 때문이다.

"아이, 엄마!"

하지만 엄마는 고함을 질렀다.

"당장!"

결국 나는 그냥 입 다물고 엄마 말대로 하기로 했다.

내 방으로 들어간 뒤에도 난 그들이 무슨 얘기를 하는지 들어보려고 온갖 노력을 다 했지만 아무 소용 없었다. 두 사람이 속삭여서가 아니라 엄마 명령대로 크게 올린 음악 소리 때문이었다. 열한 살 때 생일선물로 받았던 싸구려 소형 녹음기를 꺼내어 그들의 대화를 녹음해볼 생각도 했지만, 배터리가 남아 있지 않았다. 현관 쪽으로 몰래 밖을 내다보다가 그만 엄마한테 딱 걸렸는데, 정말이지, 엄마는 당장 날 죽이려고 달려들 기세였다.

이젠 도리 없이 포기하는 수밖에 없었다. 20분 뒤 바이런이 내 방으로 들어왔고, 나는 소파에서 잠을 자야 했다.

희롱

::
의도적으로 타인을 괴롭히고, 놀라게 하거나 모욕하는 말 또는 행동
::

그 이후로는 별다른 진전이 없었다. 나는 3학년 학기 시작까지 2주가 남아 있었다. 바이런은 한 번도 집 밖을 나가지 않았다. 엄마는 줄곧 기분이 엉망이었다. 엄마는 내가 근처에 있을 때 바이런에게 말 한 마디도 하지 않았지만, 매일 밤늦게까지 씩씩거리며 그와 싸웠다. 두 사람이 어떤 얘기를 하는지 들을 순 없었지만, 엄마의 목소리로 짐작컨대 좋은 일은 아닌 게 분명했다.

엄마의 다이어트 계획은 엉망이 되었고, 담배 피우는 일도 더 잦아졌다. 아마 스트레스를 받아서였겠지만, 내가 보기에 그건 오히려 바이런을 괴롭히느라 생긴 스트레스처럼 보였다. 그게 만약 계획적인 거라면, 그야말로 난 엄마보다 한 수 아래인 게 분명하다. 하여간 남자들이란. 바이런은 갑자기 우리 집에 쳐들어와서 내 방에서 날 쫓아내고, 그것도 모자라 간접흡연이 얼마나 건

강을 해치는지 아느냐는 둥 우리 모자의 식습관이 좋지 않다는 둥 불평이나 늘어놓고 있었다.

엄마는 항상 그의 면전에서 담배 연기를 뿜어대는 걸로 자기 입장을 표현했다. 그야말로 싫으면 언제든지 떠나라는 뜻이었다. 그런데 한 가지 이해하기 힘든 게 있었다. 그러면서도 매일 밤 그에게 유기농 샐러드를 사다 주는 건 왜일까?

엄마는 아툴라의 사무실에서도 문제가 많았다. 난 그게 다 밤늦게 벌어지는 바이런과의 말다툼 때문이라고 생각했지만, 엄마는 그에 관해 별다른 얘기가 없었다. 사무실에서 엄마를 만날 때 얼핏 짐작할 수 있을 뿐이었다. 어느 날 밤(바이런이 내 방을 불법 점거한 지 2~3주쯤 후일 거다) 맥도널드에 같이 가기 위해 엄마를 만나러 가는 길에, 아툴라가 엄마를 심하게 꾸짖는 소리를 들었다. 엄마가 그날 법정에서 판사를 째려보기라도 했는지(소송에서 이기고 싶다면 절대 해서는 안 되는 일이다) 아툴라는 엄마를 거칠게 몰아세우고 있었다. 그녀는 이번이 정말 마지막 기회이며, 최근 엄마의 좋지 않은 태도와 부주의한 실수를 수습하느라 지긋지긋하다는 얘기를 계속 떠들었다. 아툴라가 엄마의 일에 간섭을 하는 건 처음이란 생각이 들었는데, 과연 실제로 그런지는 모를 일이었다.

아툴라는 맨 위층에서 나를 발견하고는 이내 말을 멈추었다.

느낌이 좋지 않았다.

난 아툴라가 어떤 사람인지 안다. 보통은 어떤 말을 하더라도 무섭게 느껴진 적이 한 번도 없었다. 그녀가 그렇게 입을 꾹 닫아버리는 걸 보니, 엄마가 정말 곤란한 처지에 놓인 것 같다는 생각이 들었다.

아툴라는 늘 걸치고 다니는 스카프를 매만지고 나서 이렇게 말했다.

"두 사람 다 배고프겠다. 밖에 나가서 저녁이나 먹고 이 얘긴 나중에 다시 할까?"

맥도널드에 가서 빅맥 세트 두 개를 산 뒤 엄마와 나는 집으로 향했다. 하지만 엄마는 햄버거를 먹으려 하지 않았고, 아무 말도 하지 않았다. 심지어 내가 바이런과 어떻게 되어가고 있는지 알아내려고 물어볼 때마다 늘 하는 "엄마 일이니까 신경 꺼"라는 대꾸조차 하지 않았다. 엄마는 단 한 마디도 꺼내려 하지 않았다.

집에 도착하자, 바이런은 늘 그렇듯 자기가 전업 아빠라도 되는 양 학교 생활은 어땠는지, 또 회사 일은 어땠는지 물어댔다. 메스꺼워 죽는 줄 알았다. 엄마도 마찬가지인지 욕실 배수구에 들러붙은 끈적거리는 머리카락을 보듯 그를 쳐다봤다.

바이런이 말했다.

"그댄 발끈할 때 매력이 있단 사실을 알아?"

그러자 엄마는 부엌으로 들어가더니 쾅 하고 문을 닫았다.

그건 이제 난 꼼짝없이 바이런과 함께 있어야 한다는 뜻이었다. 나에겐 엄마처럼 이 상황을 회피할 방법이 없었다. 지금 내 방은 바이런이 침실로 쓰고 있고, 더욱이 그는 거실마저 차지하고 있는 상태였다. 집 밖으로 나가 켄달을 찾아볼까 생각해봤지만, 그것도 여의치 않았다. 또라이 같은 사내 옆에 엄마를 혼자 내버려두자니 마음이 편치 않았기 때문이다. 그래서 결국 우리 집에 하나밖에 없는 소파에 그와 최대한 멀리 떨어져 앉아 TV를 보기로 했다.

다행스럽게도 바이런은 말하길 좋아하는 타입이었다. 그는 마침내 우리가 잠시나마 일대일로 대화할 기회를 잡았다는 듯 나를 바라보았다.

나는 그냥 못 본 척했다. 그가 뭐라고 주절대는 동안 그저 TV 화면만 뚫어지게 보았다.

그가 물었다.

"몇 학년이니?"

스스로 붙임성이 있다고 믿는 사람들은 항상 하지 않아도 될 말을 하게 마련이다. 대답을 하지 말았어야 했는데, 그만 하고 말았다.

"주, 주, 중3이라고?!? 난 네가 열한 살쯤 된 줄 알았지!"

그렇겠지, 나 역시 당신이 인간인 줄 알았으니까. 고작 몇 분 동안이긴 하지만 말이다.

"세상에, 중3이 이렇게 덩치가 작다니! 그렇잖아도 너네 엄마한테 잘 먹이라고 누누이 얘기했는데."

난 당신 엄마가 당신을 굶겼어야 했다고 생각하는데.

"이봐, 그 표정은 뭐야? 이런, 네 기분을 상하게 할 뜻은 없었는데…… 분명 여자애들은 널 보고 무척 귀엽단 생각을 할 거야. 여자애들은 귀여운 남자를 좋아하거든. 걔들 눈에는 네가 토끼나 고양이처럼 귀엽게 보이겠다. 모성본능을 자극하고도 남겠어."

그럼요, 당신은 내 살인본능을 자극하기에 충분하고.

"넌 말수가 적은 편이구나, 그렇지? 아무래도 넌 몸을 쓰는 편인가 보다…… 그럼 팔씨름이나 한번 할까?"

아뇨, 난 팔씨름할 마음 없는데요. 팔씨름을 하려면 당신과 손을 맞대야 하고, 날 겁쟁이라고 부르겠지만, 끈적끈적한 파충류는 늘 불쾌한 느낌을 주기 때문이죠…… 기분 나쁘게 할 뜻은 없었어요.

"자! 겁먹은 건 아니겠지, 응?"

그래, 좋다. 내가? 손가락도 없는 팔에 겁을 먹는다고? 그럴 리가. 기분 나쁘냐고? 당근이지. 내 얼굴 앞에서 그게 왔다 갔다 하는 게 괴롭냐고? 그걸 말이라고 하시나. 솔직히 겁나지 않냐고? 다시 한 번 생각해보시지. 내가 증명해 보일 테니까 말이야.
"좋아요." 나는 대답했다. "팔씨름 한번 하죠."
바이런은 늘 입고 다니는 싸구려 재킷을 벗어 던졌고, 난 그저 말 많은 내 입이 잠자코 다물어주기만을 바랐다. 그는 무척이나 단단해 보였다. 싸움만을 위해 만든 전투기계 같은 느낌이라고나 할까. 손이 없긴 했지만 팔뚝이 온통 불룩했다.
바이런은 넋 놓고 바라보는 나에게 이렇게 말했다.
"하루에 팔굽혀펴기를 150개씩 하면 이렇게 되지. 상이군인치곤 괜찮지?"
그가 손목을 움켜쥐자 근육이 솟아올랐다.
나는 별거 아니라는 듯 신경 쓰지 않았다.
"오, 됐어요. 난 아저씨의 문신을 보고 있었다구요. 그런 문신 따위에 돈을 낭비하지 않는다면, 늙은 엄마가 아저씨를 먹여 살리느라 등골이 휘진 않을 거예요."
그는 껄껄거리며 웃더니 말했다.
"이 녀석, 아주 맹랑하구나."
반드시 그를 이기고야 말리라는 결의가 내 속에서 꿈틀거렸다.
바이런은 커피 탁자로 쓰고 있는 나무상자 위에 오른쪽 팔꿈치를 올렸고, 나는 그의 뭉툭한 팔 끝부분을 손으로 잡았다. 흐물흐물한 느낌이 정말 좋지 않았다. 그의 몸에 지방질이라곤 고작

한 점뿐이었는데, 그게 바로 내가 잡아야 할 부분이었다.

"하나, 둘, 셋, 시작!"

그가 말하자마자, 팔씨름이 끝났다. 바이런이 날 묵사발을 내버렸다. 너무 슬펐다.

그가 말했다.

"미안."

사실은 그렇지 않으면서, 빈말하는 꼬락서니하고는.

"좀 더 공평하게 해볼까? 이번엔 네가 두 손으로 잡고 해봐."

"됐거든요" 하고 쏘아주고 싶었지만, 이번이 마지막 기회라는 생각이 들었다.

"좋을 대로 하시죠."

그러고는 바로 두 손으로 그의 팔을 잡았다.

"하나, 둘, 셋, 시작!"

바이런의 알통에 새겨진 커다란 비둘기 문신이 내 눈에 들어왔을 때, 그는 나무상자 위로 내 팔을 꺾듯이 넘겨버렸다. 내 머리는 소파의 가장자리에 부딪혔고, 눈에 별이 보였다.

정말로 별이 보였다. 작고 반짝이는 별들이 내 눈앞에서 춤을 추었다. 그런 일은 만화에서나 볼 수 있는 거라고 생각했는데.

바이런은 미소를 띤 채 겨드랑이 털을 쓰다듬고 있었다. 나는 슬쩍 부아가 치밀었다.

"내가 본 문신들 중에서 최악이네요."

일부러 비꼬려 한 건 아니고, 사실이 그랬다. 그의 팔뚝은 온통 평화의 상징들과 히피족의 원형 무늬, 그리고 하트 문신으로 덮여 있었다. 그중 최악인 것은 하트 안에 '영원히 당신과 함께'라는 문구와 함께 그려진 커다란 장미였다.

"아저씬 연애엔 도사인가 보네요."

나는 그렇게 말하고 구역질이라도 할 것 같은 표정을 지었다.

"당연하지. 인생에서 뭐가 중요한지 아는 사람들이 있는 반면, 그걸 알지 못하는 사람들도 있지."

그는 잠시 멈췄다가 이어 말했다.

"좋아, 근육맨 친구. 이번엔 내 왼팔로 한번 해보자."

그는 왼쪽 팔꿈치를 탁자 위에 올려놓았다. 그의 손목 위쪽으로 붉은색의 거품 같은 게 있었다. 내가 그 자국을 유심히 본다는 걸 눈치 채고는 그가 설명했다.

"어떻게 된 건지 가르쳐줄까? 예전 여자친구인 제시카는 뭐가 중요한 건지 잘 모르는 사람이었어. 그래서 팔에서 그녀의 문신을 지워버렸지."

"세상에, 그분이 무척 상심했겠어요."

그렇게 말하면서 난 두 손으로 그의 손을 잡았다.

이번이야말로 내겐 기회였다. 나는 사력을 다해 힘을 썼다. 그의 팔 안쪽 불룩한 곳에 'C.C'라고 새겨진 문신이 눈에 띄었다. 그는 이 정도 힘엔 끄떡없다는 듯 계속 주절대면서도 몸에 잔뜩 힘을 주었다.

"내 기억으론 말이지, 그러니까 네 엄마를 만났을 때 말이야, 그녀는 뭐가 중요한지 아는 사람이었어."

나는 한쪽 발로 딛고 일어서면서 최대한 힘을 썼다.

그는 말을 이었다.

"네 엄마랑 난, 가끔씩 만나곤 했지. 옛날에 말이야."

나는 이제 완전히 일어서서 내 몸무게를 온통 두 팔에 실었다. 치사하단 소리를 듣더라도 어쩔 수 없었다.

그가 숨을 헐떡거리면서 말하기 시작했다.

"한번은 네 엄마가 열여섯 살 때였지 아마. 우리는……"

내가 들은 말은 거기까지였다. 엄마가 부엌문을 박차고 나와서는 바이런에게 소리쳤다.

"그 입 닥치라고 했지."

와, 돌아버리겠네. 조금만 더 했으면 내가 이기는 건데. 게다가 일이 어떻게 돌아가는지도 거의 알게 되었을 텐데.

엄마는 그런 일이 생기게 놔두질 않았다. 엄마는 바이런을 향해 고래고래 소리를 질렀다. 그러더니 이번엔 나한테 양치질하고 가서 자라고 고함을 쳤다.

나는 한 마디도 대꾸하지 않았다. 엄마의 안색을 보아하니 그랬다간 본전도 못 뽑을 것 같았기 때문이다. 나는 내 방 옷장에서 티셔츠를 꺼내야 한다고 말하면서 바이런을 째려보고 있는 엄마 곁을 떠났다.

나는 방으로 가서 침대 밑에 있는 소형 녹음기를 꺼내어 새로 꺼낸 티셔츠로 감쌌다. 그러고는 화장실로 가서 문을 잠갔다. 치과의사들이 충치 예방에 도움이 된다고 떠드는 전동칫솔로 이를 닦은 다음, 전동칫솔에서 배터리를 꺼내 녹음기에 끼웠다. 티셔츠와 반바지로 갈아입고 반바지 속에 녹음기를 숨겼다.

이제 작전 개시! 나는 부엌으로 들어가 식탁 위에 잔뜩 쌓여 있는 광고 전단지와 가정통신문 뭉치 뒤에 녹음기를 숨겼다.

아니나 다를까, 엄마가 거실에서 소리쳤다.

"시릴, 거기서 뭐 하는 거니? 가서 자라고 말했을 텐데!"

나 역시 소리치며 대답했다.

"난 물도 못 마셔요? 참나!"

나는 수도꼭지를 틀고 찬장에서 유리컵을 꺼내어 일부러 크게 달그락거리는 소리를 냈다. 물을 한 모금 마신 후, 반쯤 비운 컵을 조리대 위에 내려놓고 거실로 나갔다.

"이 아저씨랑 어떻게 여기서 같이 자란 말예요?"

나는 정말 화가 난 듯이 말했다.

"두 분은 부엌에 가서 계속 얘기하시면 되잖아요. 그게 무리한 요구예요?"

바이런이 끼어들었다.

"그대 앞에서 아들이 저렇게 큰 소리를 내다니, 믿기지 않는걸."

당연히 엄마가 가만있을 리 없었다.

"내 애를 어떻게 키우든 당신이 무슨 상관이야."

엄마는 얼굴을 내 이마 쪽으로 불쑥 내밀었다. 그건 어서 굿나잇 키스를 하고 가서 자라는 뜻이었다.

그 다음 두 사람은 부엌으로 들어가서 문을 닫았다.

두 사람이 무슨 얘기를 하는지 하나도 들리지 않았지만, 그렇다고 조바심이 나진 않았다. 내일 엄마가 출근한 뒤 녹음기를 가져오면 끝이다. 바이런은 아침에 샤워하는 데 최소한 30분은 걸리니까, 그 틈을 이용하면 아무 문제 없다.

아무리 봐도 나는 천재인 것 같다고 생각하면서 잠자리에 들었다. 제임스 본드가 별건가?

도청

::

전자제품, 음향장치, 기계장치 또는 기타 장비로 의도적으로 타인의 통화를 엿듣는 행위는
10년 이하의 징역과 5년 이하의 자격정지에 처해질 수 있다.

::

문이 쾅 하고 닫히는 소리, 의자가 바닥에서 끌리는 소리, 식탁 위에선 손가락이 타닥거리는 소리가 들린다. 종이가 바스락거리는 소리, 누군가 이리저리 왔다 갔다 하는 소리가 들린다.

바이런(콧노래를 부르며): 사랑. 사랑은 우리를 함께하게 해. 디 다 두두 다 디 두.

접시가 깨지는 소리. 곧이어 또 접시 깨지는 소리. 그리고 발소리.

바이런: 이런, 진정해. 진정하라구!

무언가가 식탁을 쿵 하고 내려친다. 유리컵들이 달그락거리는

소리가 들린다.

엄마: 당신, 뭐 하는 짓이야?
바이런: 노래하고 있잖아. 그대도 내 목소릴 좋아했으면서.
엄마: 뻔뻔한 짓 좀 그만 해! 내 말뜻 알잖아. 시릴한테 무슨 얘길 하고 있었던 거야?
바이런: 별거 아냐. 그냥 옛날 얘기!
엄마: 제발, 그러지 말라니까.
바이런: 참나, 왜 그래. 걔도 알 건 알아야지.
엄마: 닥쳐.
바이런: 그대와 나에 관해 모르는 게 많은 것 같던데.
엄마: 당연하지. 내가 원하는 게 바로 그거니까.
바이런: 내가 그대한테 누누이 말했잖아! 제대로 매듭을 짓자고 말이야. 난 그저 약간의 보상을 바라는 것뿐이라구. 그대가 내 등을 긁어주면 나도 그대의 등을 긁어주겠다는 거지.
엄마: '보상'이라. (웃음) 이런, 당신도 법을 배우던 학생 아니었어?
바이런: 그랬지. 하지만, 감옥에 갔다 오면 생각이 바뀔걸.

갑자기 큰 소리(누군가 벽을 걷어차는 것 같은)가 난 뒤 한동안 조용해진다.

엄마: 그 일로 평생 날 괴롭힐 작정이야?

바이런: 어이구야, 많이 고상해지셨네. 대도시의 변호사께서…… 오랜 친구한테 너무 관대하신걸…….

엄마: 시끄러워! 닥치라구! 잘 들어. 그때 난 어린애였어. 실수를 한 것뿐이야. 그놈의 우라질 실수를 말이야! 그러니 미안하다구!

바이런: 그러게 말이야. 그러니까 내가 이렇게 그대한테 기회를 주는 거 아니겠어.

엄마: 도대체 몇 번이나 얘기해야 알아듣겠어? 난 못 해! 만에 하나 내가 당신을 믿는다 해도, 난 아무것도 해줄 게 없다구.

바이런: 아니, 있지. 난 그놈을 꼼짝 못하게 할 모든 걸 알고 있단 말이야.

엄마: 그럼, 당신이 직접 하면 되잖아.

바이런: 맞아, 옳은 말이야. 그댄 계속 날 쫓아낼 궁리만 하고 있구만.

엄마: 빙고!

바이런: 전에도 이런 식이었지 아마.

엄마: 젠장.

(20초 정도 정적이 흐른다.)

엄마: 왜 하필이면 나냐고? 딴 사람을 찾으면 되잖아.

바이런: 딴 사람은 믿을 수가 없거든.

엄마: 당신이? 나를 믿는다고? 당신, 또라이 아냐?

바이런: 아니. 논리적으로 말하고 있는 거야.

엄마: 이젠 우라질 소크라테스까지 납시셨네.

바이런: 그대라면 믿을 수 있지.

엄마: 좋아, 그렇다고 쳐. 그런데 그걸 어떻게 알지?

바이런: 우리 둘 다 서로에게 필요한 게 있기 때문이지.

엄마: 난 당신한테서 필요한 게 아무것도 없어!

바이런: 아니, 있어, 귀염둥이 아가씨.

엄마: 그렇게 부르지 말랬······.

바이런: (말을 끊으며) 그댄 내가 입을 다물고 있길 바랄 거야. 내가 시릴한테 대단한 엄마 얘길 해준다면······.

엄마: 시끄러워! 그게 내 선택이야? 내 경력과 인생을 망친 게?

바이런: 그냥 다른 사람한테 좋은 일 한번 한다고 생각해.

엄마: 웃기고 있네. 몇 주 동안 당신 하는 꼬라지를 쭉 지켜봤어. 그만하면 충분하다구.

바이런: 참나, 이건 날 위한 게 아니야! 내 친구를 위한 일이지.

먼저 떠나버린 친구를 위한 일이란 거 알잖아.

  엄마: 아이고, 그러셔? "날 위한 게 아니야!" 그 말을 내가 믿을 거 같아? 당신은 복수를 하고 싶은 거잖아.

  바이런: 그대가 그걸 비난할 자격이 있을까? 어쨌든 뭐든 결론을 내리자구.

  엄마: (계속해서 뭐라고 욕을 퍼붓지만, 잘 들리지는 않는다.)

식탁 위에서 손가락이 달각거리는 소리.
라이터로 불 켜는 소리. 숨을 들이쉬었다가 크게 내뿜는 소리.

바이런: (콜록거리며 기침)
엄마: 내가 해줄 일이 뭔데?
바이런: 담뱃불 끄면 얘기해주지.
엄마: 웃기시네. 여긴 내 집이야.
바이런: 이건 내 폐거든.

(30초간 정적)

바이런: 좋아. 난 합리적인 사람이니까.
엄마: 어이구야, 그러셔?

바이런: 밖에서 피우고 오시지.

엄마: 좋아.

바이런: (콜록거리며) 담배 연기 좀 내 얼굴에 안 뿜을 수 없어?

바닥에서 의자 끌리는 소리. 문이 열리고 쾅 하고 닫히는 소리. 정적.

무단결석

::
허락받지 않고 학교에 출석하지 않는 행위
::

다음날 역사 수업은 어찌어찌해서 끝까지 들었지만, 그 이후론 수업을 들을 수 없었다. 학교를 빠져나가야겠다는 생각뿐이었다. 생각할 시간이 필요했다.

2교시 시작을 알리는 종소리가 들리자, 나는 몰래 뒷문으로 빠져나와 주차장 담을 넘어 노냥졌다.

켄달은 이미 다른 학교로 전학을 가고 없었다. 점심시간에 켄달네 학교로 만나러 갈까 궁리해봤지만, 뭐라고 말을 꺼내야 할지가 걱정이었다. 전에는 개인적인 일로 진지하게 얘기해본 적이 없었기 때문에, 가벼운 주제로 말을 꺼낼 필요가 있었다. 예를 들면, 그 애 아버지가 뭘 하시는 분인지, 또는 내가 열한 살 때까지도 거미를 무서워하고 이불에 오줌을 쌌다는 얘기 같은. 노숙자 같은 전과자가 뭔가 불법적인 일로 엄마를 협박하고 있다는 얘길 하기 전에 말이다.

나는 집에 가서 몸이 안 좋아 조퇴한 척하기로 했다. 바이런이 수다를 떨며 말을 걸어올 수도 있으니까.

막 콘월리스 거리의 모퉁이를 돌 무렵, 바이런이 집에서 나오는 게 보였다. 내 눈을 의심할 수밖에 없었다. 그는 거의 한 달 동안이나 우리랑 살면서 단 한 번도 집 밖으로 나간 적이 없으니까 말이다. 최소한 내가 알고 있는 한은 그랬다.

바이런은 자기가 외출하는 걸 다른 사람들이 알길 원치 않는 것처럼 보였다. 딱히 변장을 한 것 같지는 않았지만, 평소 그의 모습과 달라 보였다. 그가 우리 집 문에서 나오는 걸 보지 못했다면 그를 몰라봤을지도 모른다. 그는 엄마가 오래전 구세군 매장에서 사 온 낡은 외투를 입고, 잘린 팔을 외투 주머니에 넣고 있었다. 엄마한테 너무 커서 입을 수 없었지만 엄마가 늘 아깝다고 생각하던 옷이었다. 그는 야구모자를 쓰고 있어서, 처음에 난 그가 머리카락을 모자 속에 넣은 줄 알았다. 얼마 뒤 괴팅엔 거리에 가서야 그가 무슨 짓을 했는지 알게 되었다. 머리를 자른 건 물론이고 족제비 같던 수염까지 면도를 한 상태였다. 아무튼 그는 정말 말쑥해 보였다.

나는 그를 미행했다. 그는 제법 빠르게 걸으며 계속해서 인도 쪽을 쳐다보았다. 그가 날 알아채지 못하도록 하는 게 생각보다 쉬운 일은 아니었다. 몸을 숨길 만한 나무 같은 것도 별로 없었다. 나는 반 블록쯤 거리를 유지한 채 그를 따라갔다. 바이런의 모습은 별로 이상할 게 없었지만, 그 뒤를 따르는 내 모습은 분명 사람들 눈에 수상하게 보였을 거다.

그는 상점들이 줄지어 있는 거리를 지나서 한적하고 아담한 거리 쪽으로 방향을 돌렸다. 지나는 차들도 없고 사람들도 없어서 숨을 곳이 마땅치 않았다. 나는 그가 모퉁이를 도는 걸 보고 잠깐 기다렸다가 다시 그를 쫓아갔다.

거리 입구에 들어서니 그의 모습이 보이지 않았다. 그가 왼쪽으로 내려갔는지, 오른쪽으로 올라갔는지, 앞쪽으로 보이는 작고 초라한 교회로 곧장 갔는지 알 길이 없었다. 영화를 보면 주로 교회에서 비밀리에 접선을 하던데, 바이런도 그런 걸까. 하지만 만약 내가 복사라면, 교회로 들어온 바이런의 행색을 보고 헌금함을 걱정하지 않을 수 없을 거다. 그럼 곧바로 경찰을 부르겠지.

그래서 교회는 제쳐두고 오른쪽으로 돌기로 했다. 글쎄, 왜일까. 아무튼 뭐라도 해야 했다. 그곳에 가만히 있을 수는 없으니까.

그리 멀리 가지 않아서(열댓 걸음쯤 갔을까) 바이런이 길 건너편의 공원 벤치에 앉아 있는 걸 발견했다. 멍하니 있지 않았다면 더 일찍 발견했을지도 모를 일이다. 미행에 정신을 쏟기는커녕, 혈혈단

신으로 범죄자를 어떻게 잡았는지 CNN 뉴스와 인터뷰하는 상상이나 하고 있었으니 말이다. 엄마와 관련된 일만 아니었다면, 미행하는 재미가 꽤 쏠쏠했을 텐데.

나는 주차된 차 뒤에 몸을 숨기고 앉아서 잠시 동안 몸을 떨고 있었다. 바이런이 날 발견하고 쫓아와서 그 뭉툭한 자줏빛 팔로 두들겨 팰까 봐 정말 겁이 났다.

잠자코 기다렸지만, 아무 일도 생기지 않았다. 나는 모퉁이 쪽으로 기어가서 집으로 도망치기로 마음먹었다. 그게 현명한 판단인 것 같았다. 하지만 스스로 너무 측은하다는 생각이 들었다. 슬금슬금 기어가는 내 꼴을 메리 맥아이작이 본다면 과연 뭐라고 생각할까. 내가 정신적으로 문제가 있을 뿐 아니라 겁쟁이라는 말이 학교에 퍼지는 건 시간문제일 거다. 그렇게 되면 내 평생 여자친구를 사귈 기회가 없겠지.

결국 좀 더 기다리다가 무슨 일이 벌어지는지 지켜보기로 했다. 엄마의 안전이 걸린 문제이기도 하니까.

나는 자동차 유리창을 통해 몰래 지켜봤다. 바이런은 코딱지만 한 공원 벤치에 앉아 어떤 여자와 얘기를 나누고 있었다. 작은 키의 여자는 팔에 붕대를 두르고 있었다. 그녀는 등을 내 쪽으로 향하고 있었지만, 손을 이리저리 많이 움직이는 걸로 봐서 말을 하고 있는 게 분명했다. 무척 흥분한 상태였다. 바이런은 어깨를 토닥이며 그녀를 얼러주고 있었다.

여자가 다소 진정된 듯 보였을 때(아까처럼 팔을 많이 움직이지 않았다), 세상에, 엄마가 나타났다. 여자는 반사적으로 바이런의 팔에 안겼다.

여자가 등을 돌렸다. 그제야 나는 그녀가 누구인지 알아보았다. 콘수엘라 로드리게스.

비공개 심리

::
국가의 안녕질서나 선량한 풍속을 해칠 염려가 있을 경우, 소송 사건을 일반에게
공개하지 않고 심리하는 일
::

내가 콘수엘라를 기억하고 있다는 사실이 우습게 들릴지도 모르겠다. 그녀는 작년 여름 아툴라의 사무실에 딱 한 번 왔을 뿐이기 때문이다. 그녀는 정말 말이 없는 사람이었다. 하지만 그런 특징이 그녀를 기억나게 만들었다. 수업시간에 조용히 하라고 소리를 질러대는 선생님보다 작은 소리로 조곤조곤 설명하는 선생님이 더 기억에 남는 법이다.

내 기억으론 콘수엘라는 영어를 하지 못했다. 그녀가 할 수 있는 말이라곤 "아툴라?"(그 말조차 영어가 아니지만), "스페인어 할 줄 알아요?"뿐이었다. 물론 난 스페인어를 모른다.

그녀의 이름을 제대로 받아 적느라 30분쯤 걸린 탓에 난 그녀의 이름을 기억하고 있었다.

온수웨다?

콘수웨라?

콘수웨토?

로드리케이스?

로트리게이스?

로드링크헤이스?

그녀는 그때 정말로 참을성 있고 상냥했지만, 결국 나한테서 메모지를 빼앗아 자기가 직접 이름을 썼다. 그러곤 내게 미소를 지어 보이고 대기실 뒤쪽으로 가서 섰다. 그녀는 하루 종일 기다려야 했지만, 다른 고객에 비하면 그날 정말 운이 좋았다. 약속을 안 잡고 왔는데도, 4시 반쯤 되자 그녀 앞에는 겨우 두 사람만이 기다리고 있었다.

5시쯤, 아툴라가 자기 방에서 나와 어떤 남자에게서 걸려온 전화가 있었는지 물었다. 아툴라가 항상 하는 질문이다. 이름이 뭐든 나에겐 아무 상관이 없었다. 이름이 뭔지 기억하고 싶은 마음도 없었다. 내가 기억하는 거라곤 그때 콘수엘라가 뛰쳐나갔다는 사실이다. 그녀는 달려가다 그만 의자를 넘어뜨리기까지 했다. 그 바람에 크게 우당탕거리는 소리가 났다. 우린 모두 멍하니 서서 바라보고만 있었다. 아툴라가 내게 누구냐고 묻기에 그녀의 이름을 말해주었다. 아툴라는 처음 듣는 이름인 양 어깨를 들썩거리더니 자기 방으로 돌아갔다. 나는 콘수엘라의 이름을 적은 분홍색 메모지를 구겨서 쓰레기통에 홱 던져버렸다.

그게 아마 8월말쯤이었을 거다. 공원에서 그녀를 다시 만나기 전까지, 나는 콘수엘라라는 이름을 한 번도 떠올려본 적이 없었다.

그녀가 무슨 말을 하는지 알고 싶어 미칠 지경이었지만, 내가 서 있는 곳에서는 아무것도 들리지 않았다. 가까이 갈 수 있는 방법도 딱히 없었다. 그들과 나 사이에는 자동차 한 대와 뻥 뚫린 공간뿐이었다. 내가 할 수 있는 거라곤 자동차 창문을 통해 엿보는 게 다였다.

말하는 입술을 읽어낼 수 없다는 사실이 너무 안타까웠다. 그들은 그곳에 한 시간가량 있었지만, 난 어떤 일이 벌어지고 있는지에 대한 단서를 하나도 얻을 수 없었다. 콘수엘라가 뭐라 말하고, 바이런이 뭐라 말하고, 엄마도 가끔씩 뭐라 말했지만 주로 커다란 황색 괘선지에 얘기를 받아 적고 있었다.

11시쯤, 바이런이 뭐라고 말하자 갑자기 회합이 끝났다. 그들이 내 쪽으로 오기 직전, 나는 가까스로 고개를 숙일 수 있었다. 나는 자동차 밑으로 미끄러져 들어가 아무 일 없기만을 기도했다.

그들이 가까이 다가오자 그제야 말소리가 들렸다. 엄마는 이제 가봐야 한다고 말했다. 콘수엘라가 엄마에게 다가가며 말했다.

"고마워요… 우리… 아… 아…….."

말문이 막힌 콘수엘라가 스페인어로 뭐라 말하자, 바이런이 그녀 대신 말을 이었다.

"아이들(children)."

콘수엘라가 다시 말했다.

"고마워요. 우리 아리들(cheeldren) 때문에."

"네, 뭘요."

바이런과 콘수엘라는 스페인어로 대화를 계속했다. 내가 알아들을 수 있었던 단어는 달랑 한 개뿐이었다. 그들이 헤어지면서 주고받은 인사말 "아디오스"(adios. 안녕:옮긴이).

엄마는 작은 골목길로 사라졌다. 그리고 그들의 발소리로 짐작컨대, 콘수엘라와 바이런은 시내 쪽으로 향하고 있는 듯했다. 나는 자동차 밑에서 그들이 완전히 떠나기만을 기다렸다. 사실은, 자동차 주인이 나타나서 "내 차 밑에서 뭘 하고 있는 거야? 썩 꺼지지 못해! 그러다 죽을 수도 있다는 거 몰라? 정신 나간 녀석 같으니! 너, 무슨 문제라도 있냐?"라고 말할 때까지 있었다.

사기

::
타인을 꼬드겨 가치 있는 것을 포기하게 만들려는 속임수
::

그날 아침, 학교로 가는 길에 소형 녹음기에 녹음된 대화를 듣고 난 이후로 많은 것들이 달라졌다. 여전히 토할 것만 같은 기분이었지만, 그 이유는 다른 데 있었다. 처음엔 엄마가 정말 못된 남자 때문에 곤경에 처한 거라고 생각했다. 지금 내 생각은 엄마가 정말 못되고 교활하기까지 한 남자 때문에 곤경에 처했다는 것이다. 바이런은 영어만큼이나 스페인어도 자유롭게 구사했다. 그건 아무나 할 수 있는 일은 아니다.

그의 전반적인 행동을 보면, 잘은 모르겠지만, 뭔가 있는 것 같았다. 땡전 한 푼 없고 마땅한 직업이나 재산도 없었지만, 그는 여전히 뭐라도 되는 듯 어슬렁거리고 있었다. 대단한 책임자라도 되는 듯 말이지. 그런 생각이 드니 소름이 끼쳤다. 이런 기분을 뭐라고 해야 하나? 마인드컨트롤 같은 건가? 다른 사람들한테

무슨 짓을 한 길까? 왜 아무도 그에게 꺼지란 말을 못 하는 거지? 그런 사람이 왜 한 명도 없는 거야?

콘수엘라의 일도 이상하긴 마찬가지였다. 그녀에 대해 잘 모르지만(이미 얘기했듯 그녀를 딱 한 번 봤을 뿐이다), 그녀는 분명 범죄자 타입은 아니다. 그녀는 상냥하며 친절한 사람이고 웬만한 일에도 겁을 내는 그런 사람이다. 어쩌면 그게 대단한 연기일 수도 있지만, 그녀에겐 왠지 믿음이 갔다.

혹시 바이런이 두 사람에게 협박을 하고 있는 건 아닐까. 어떤 협박인지는 알 길이 없지만 말이다. 내가 아는 건 바이런이 나를 방에서 쫓아낸 지저분한 부랑자라기보단 속임수에 능한 악마에 가깝다는 사실이었다.

나에겐 용기를 되찾을 시간이 좀 필요했다. 그래서 내가 아는 사람들은 아무도 오지 않을 법한 공원에 가서 그네에 앉아 날씨가 쌀쌀해질 때까지 시간을 보냈다. 그런 다음, 편의점에 들러 두어 시간을 더 보냈다. 하지만 카운터 점원이 '장시간 앉아 있지 마시오'라고 쓰인 팻말을 가리키며 눈치를 주는 바람에, 음료수를 한 병 사 들고 그곳을 떠났다. 그때가 거의 여섯 시쯤이었다. 빨리 집으로 돌아가지 않으면 엄마가 의심의 눈초리로 노려볼 게 분명했다. 과학 동아리 활동 때문에 학교에 늦게까지 있었다거나 뭐 다른 뻔한 핑계를 대면 될 터였다.

집에 도착해 문을 열어젖히니 집 안이 쥐죽은 듯 조용했다. 나는 소변이 마려운 척하며 화장실로 갔다. 피자 한 조각이라도 남은 게 있나 찾는 척하며 부엌으로 들어갔다가, CD플레이어를 찾는 척 예전의 내 방으로 가서 고개를 들이밀기도 했다.

그런데 바이런은 어디에도 보이지 않았다.

까짓 거, 좋아. 그는 내가 이맘때쯤이면 학교에서 돌아온다는 걸 아니까, 자기처럼 내내 집구석에만 처박혀 있는 사람이 시내엔 왜 나갔었는지 온갖 변명을 늘어놓을 테지. 나는 그가 집으로 들어올 때 뭐라고 말해줄지도 생각해놓았다.

"아이고, 뱀파이어가 대낮에 돌아다녀도 괜찮은가 봐요."

뭔가 좀 부족한 듯하지만, 그 정도면 한 방 먹일 수 있겠지.

자동응답기를 보니 수신 메시지가 있었다. 아마 내가 왜 결석했는지 알아보려고 페이전트 선생님이 전화했을 거다. 페이전트 선생님은 항상 내게 친절했지만, 고작 3분 지각하거나 시험에서 한 문제라도 틀리기라도 하면 득달같이 엄마에게 전화해서 내게 '관심'이 필요하다며 상담을 하곤 했다. 두 사람 사이에 끼이면, 나는 도무지 보통의 학생으로 남아 있기가 어려웠다.

내 예감이 맞았다. 부재중 전화는 페이전트 선생님이 건 것이었다. 나는 그 전화가 바이런이 나간 후에 온 것이기만을 바랐다. 메시지를 지우고 그 다음 메시지를 들었다. 3시 38분에 걸려온 것인데, 엄마로부터 온 전화였다.

"안녕, 허니. 내 사랑. 나야, 엄마. 저녁 약속이 있어서 좀 늦을 거야. 너 먹으라고 냉장고에 먹을 걸 만들어 넣어놨어. 그거 말고 네가 좋아하는 도넛을 사 먹고 싶으면 오븐 옆 담배 깡통을 봐. 그 안에 돈을 좀 넣어놨어. 최대한 빨리 갈게. 참, 연락할 일 있음 여기로 전화……."

전화가 갑자기 끊어졌다. 하지만 들리는 소리로 봐서 나는 무슨 일이 생겼는지 알아챌 수 있었다.

어떤 사람이 엄마의 입을 틀어막은 것이다.

해고

::
사용자가 근로자와의 근로계약을 일방적으로 해약하여
근로관계를 소멸시키는 일
::

먹을 걸 만들어놨다고? 엄마가? 도대체 무슨 일이지? 도넛 얘기는 또 뭐지? 난 도넛을 좋아하지도 않는데 말이야. 정작 도넛을 좋아하는 건 엄마잖아.

장난인가? 아니지. 머리를 다치기라도 한 게 아니라면 절대 엄마가 그런 장난을 할 리 없다.

누구한테 잘 보이려고 했나? 완벽한 엄마 행세라도 하려고? 엄마 의도가 그런 거라면, 큰 실수 한 거지. 완벽한 엄마라면 담배 깡통에 돈을 놔둘 리 없지. 완벽한 엄마라면 담배를 그렇게 함부로 방치하진 않거든.

평상시 같으면 6시 30분쯤이면 엄마를 만날 수 있겠지만, 그때까지 기다릴 수가 없었다. 대체 무슨 일인지 밝혀야 했다.

사무실로 전화를 걸었다. 아툴라가 전화를 받았다. 그녀는 흥분해 있었다.

"시릴, 네 엄마가 여기 없는 게 정말 유감이구나. 엄마는 하루 종일 사무실에 나타나지 않았단다. 사실 말이지, 방금 전 내 친구한테 전화를 받았거든. 아주 중요한 친구지. 엄마는 그 사람을 만나기로 되어 있었는데 펑크를 내버렸어. 앞으로 이민자 지원센터 확대에 걸림돌이 될지도 모르겠어. 내 친구는 화가 나 있고, 나 역시 그렇단다. 이런 말을 해서 정말 안됐지만, 시릴, 오늘부로 네 엄마는 우리 사무실에서 일할 수 없을 것 같구나."

영문을 알 수 없었다. 나는 그저 이렇게 대답했다.

"아, 네… 알겠어요… 네."

그게 어떤 의미인지 생각조차 하기 싫었다. 엄마가 미팅 시간에 조금 늦는다든가, 챙겨야 할 서류를 깜박한다든가, 또는 엉뚱하게 다른 사람의 서류를 챙기는 일은 있었다. 하지만 절대 미팅을 빼먹은 적은 없었다. 엄마는 일할 때만큼은 정말로 진지했다. 엄마에겐 이민자 지원센터 일 역시 무척 중요한 일이었다. 단순히 몸이 피곤하거나 짜증난다고 해서, 또는 언제 어디서 받을지 모르는 협박 따위 때문에 일을 망칠 사람이 아니었다.

나는 뭔가 정말 나쁜 일이 벌어졌다는 걸 직감했다.

핑계를 대며 전화를 그만 끊으려고 했지만, 아툴라는 나를 놔주지 않았다.

"너한테 해줄 말이 한 가지 더 있단다, 시릴."

오, 세상에. 또 뭐야?

"네 엄마와의 문제는 너하곤 아무 상관이 없다는 걸 말해주고 싶구나. 넌 밝고, 능력 있는 아이란다. 올 여름에 사무실 일을 도와준 것도 고맙게 생각해. 너도 알 거야. 그러니까 말인데, 여기에 언제든지 놀러 와도 괜찮다. 혹시라도 도움이 필요하면 나한테 와라. 무슨 말인지 알지, 시릴?"

나는 뭐라고 대답해야 할지 난감했다. "고맙습니다"라고 할까? 아님, "사실은 말예요, 지금 도움이 좀 필요······."

결국 그냥 고맙다는 말만 하고 말았다.

유기

::
자녀를 방치하고 돌보지 않는 부모는 형법상 처벌을 받을 수 있다.
::

나는 밤을 꼴딱 새웠다. 도무지 잠을 잘 수가 없었다. 도대체 엄마는 무슨 생각인 거야?!? 그러게 왜 처음부터 바이런을 우리 집에 들여놓은 거냐고?!? 분명한 건, 그런 얼간이를 우리 삶에 끼어들게 하면 뭔가 끔찍한 일이 생기게 마련이라는 사실이다.

다음날 아침 8시 30분, 나는 세수를 하고 옷을 갈아입었다. 거실에는 메모를 남겨두었다. '집에 들어오는 대로 학교로 저를 데리러 오세요!!!!' 그러고는 CD플레이어를 집어 들고 집을 떠났다. 엄마가 지금 어디에 있을지 전혀 짐작이 안 갔다. 엄마가 대체 뭘 했는지, 왜 그렇게 했는지, 내가 뭘 어떻게 해야 하는지 도무지 알 수가 없었다. 내가 아는 건, 아무도 엄마가 어디에 있는지 찾지 못할 거라는 사실뿐이었다.

여러분이 무슨 생각을 하고 있는지 알 것 같다. 아마 이렇게 생각하고 있겠지. "뭐라고? 너, 바보 아니야? 네 엄마는 지금 곤경에 빠졌어! 그러니까 경찰에 신고하란 말이야!"

하지만 그게 그렇게 단순한 일은 아니었다.

경찰을 부르면 그들은 겨우 열세 살인 내가 혼자 살고 있다는 걸 알게 될 거다. 그럼 어떻게 되겠어? 아동보호소로 날 보낼 테지. 그건 날 반겨주는 친척 집에 가는 것하곤 좀 다른 경우잖아. 날 반겨주는 친척이 있는 것도 아니지만.

그런 다음 경찰은 엄마를 찾기 시작할 테고, 난 엄마가 무슨 짓을 했는지 그들이 알아낼까 봐 두려움에 떨게 될 거다. 가장 바람직한 시나리오는, 믿기 힘들겠지만, 엄마가 해서는 안 되는 일을 바이런이 억지로 강요했다는 것이다. '협박을 받아서' 범죄를 행한 경우라면 정당방위로 인정받을 수 있다는 걸 법대 강의에서 들은 기억이 난다.

변명할 여지가 있다는 거지.

즉, 판사에게 이렇게 얘기할 수 있는 거다. "그건 제 잘못이 아니에요! 그 사람이 시킨 거예요!" 운이 좋다면, 판사는 그 말을 믿고 풀어줄지도 모른다.

이미 말했듯이, 운이 좋다는 전제하에서 말이다.

하지만 판사가 그 말을 믿으리라는 보장은 없다. 언쟁하기 좋아하는 엄마의 경우라면 더더욱 그럴 거다. 잘못하면 엄마가 판사에게 눈을 흘기는 걸 보게 될지도 모른다.

정작 걱정이 되는 건 엄마가 예전의 자유분방한 태도를 다시 찾아 바이런을 좋아하게 되는 경우다. 다시 예전의 삶으로 돌아가지 말라는 법은 없다. 엄마가 예전에 그토록 좋아했던 생활인데. 그것도 몇 년씩이나 말이지.

엄마가 가출했을 당시의 생활이 어땠는지 잘은 모른다. 엄마는 그때의 일이 나는 물론 누구에게도 알려지는 걸 원치 않았으니까. 하긴, 뭐 하러 알리고 싶겠어?

엄마를 찾아달라고 신고한 결과 경찰이 엄마의 불법행위를 찾아내기라도 한다면, 엄마와 나의 삶은 엉망이 될 거다. 유죄 판결을 받기라도 하면 엄마는 변호사란 직업을 잃게 될 거다. 무엇보다 날 제대로 돌보지 않았다는 죄를 면하기 어려울 거다. '미성년자에게 생활에 필수적인 물품을 제공하지 않은 행위', 사람들은 그렇게 불렀다. 내가 어렸을 적, 엄마는 그에 관해 농담을 하곤 했다. 엄마는 형편이 안 된다는 이유로 내게 전투 로봇이나 리모컨 자동차 같은 걸 사주려 하지 않았다. 그래서 내가 감정이 복받쳐 투정부릴 때마다 엄마는 이렇게 말하곤 했다.

"그래서 어떻게 할 건데, 시릴? 고소라도 하시려고? 김새는 소리 하긴 싫다만, 법률적으로 판단할 때, 미니 SUV 자동차는 '생활에 필수적인 물품'으로 간주하지 않거든."

이번만큼은 농담이 아니었다. 엄마가 홀연히 사라진 것에 대한 정말로 타당한 이유가 없다면, 엄마는 날 돌볼 권리를 빼앗기게 될 거다. 그나마 다행인 경우겠지만.

엄마는 나를 보지 못할 수도 있다. 직업도 잃을 게 뻔하다. 감옥에도 가게 되겠지.

내겐 선택의 여지가 없었다. 무조건 나 혼자 힘으로 엄마를 찾아야만 했다.

학교에 가니, 페이전트 선생님은 내가 결석한 이유를 물었다. 나는 감기에 걸려서 그랬다고 대답했다. 선생님은 아직도 내 얼굴색이 안 좋아 보인다고 했다. 그건 정말이었다. 내가 아무렇지도 않을 리 없잖아?

선생님은 그럼 집으로 가도 좋다고 허락했다. 나는 당장 가방을 집어 들고 학교를 떠났다.

일이 그렇게 쉽게 풀릴 줄은 나도 몰랐다.

변호인-의뢰인 특권

::

의뢰인이 한 어떤 말도 비밀로 유지해야 하는 변호인의 의무

::

나는 곧장 집으로 갔다. 우편함을 확인하고 현관문 앞에 있는 신문을 집어 들었다. 문득 그게 매일같이 내가 하는 일이란 걸 깨달았다. 사람들이 우리 집에 무엇이든 변한 게 있다는 걸 알아차리게 해서는 안 되겠다는 생각이 들었다.

엄마한테 남긴 메모지를 떼어 구기고, 부재중 전화 메시지를 확인했다. 아무것도 없었다. 부엌에 가서 찬장을 살펴보았다. 역시 아무것도 없었다. 엄마가 곧 돌아오지 않으면 배고픔을 해결할 길이 없었다. 용돈으로 받은 4달러가 남아 있고, 엄마의 옷을 뒤지면 2~3달러 정도 더 나올지도 모른다. 하지만 그게 다였다.

앞으로 어떻게 견뎌낼지 걱정이 되었다. 당장 내가 할 일은 엄마와 바이런이 어디에 있는지 알아내는 거였다. 뭔가 단서가 필요했다.

나는 집 안 구석구석, 화장실, 거실, 침실을 샅샅이 뒤졌다. 온갖 것들이 있었지만, 평소에 보이지 않던 것은 아무것도 없었다.

이번에는 엄마의 옷장, 서랍, 화장품 백, 세탁물, 침대 협탁, 그리고 서류 더미까지 꼼꼼히 살폈다. 하지만 내가 찾아낸 건 오래된 옷가지들, 부러진 아이라이너, 그리고 도서관 반납일이 지난 책 몇 권이 전부였다.

바이런의 물건도 꼼꼼히 살폈는데, 그 일은 금방 끝났다. 그는 물질적인 것엔 관심이 없는 사람이어서, 전에 벗어놓은 옷가지밖에 없었기 때문이다. 그의 옷가지는 가지런히 개켜져 침대 위에 놓여 있었다. 나는 자로 옷가지를 집어 들어 뒤집고 흔들었다. 역시나 아무것도 나오지 않았다.

나는 화가 난 나머지 발로 벽을 마구 찼다. 그러자 아래층 남자가 시끄럽다는 항의의 표시로 지팡이로 천장을 두들겼다. 그래서 거실로 가서 한동안 소파를 두들겨 팼다. 소파는 큰 소리가 나지 않으니까. 하지만 결국 지쳐서 그만두었다.

나는 소파에 누워서 천장에 있는 큼지막한 얼룩을 뚫어져라 보았다. 그걸 쳐다보면 하이힐을 신은 토끼의 모습이 연상되곤 했다. 제법 귀엽단 생각이 들었다. 하지만 그날은 다른 생각으로 쳐다보니, 토끼의 다리는 누군가의 팔이 되었고, 하이힐은 권총이 되었다. 마음이 아팠다. 마음이 뒤숭숭한 사람한테는 그렇게 보이나 보다.

나는 TV를 켜고 3시 30분까지 보는 둥 마는 둥 했다. 그 시간이면 밖에 나가도 괜찮을 것 같았다. 학교 수업이 끝나는 시간이니까 내가 거리를 배회한다 해도 아무도 이상하게 여기지 않을 거다. 나는 스케이트보드를 챙겨 들고 집을 나섰다. 가게에 들러서 육포 한 개와 양파 스낵, 그리고 커다란 마분지 상자를 샀다. 먹을거리를 되도록 아껴 먹고 싶었지만, 그럴 수가 없었다. 배가 고파 죽을 지경이었기 때문이다. 한 블록이 채 끝나기도 전에 나는 스낵을 모조리 입에 털어 넣었다.

아툴라의 사무실에 도착한 시각은 4시쯤이었다. 안으로 들어가자, 토비가 환하게 반기며 날 안아주었다. 마지 부인은 내가 많이 보고 싶었다고 말했다. 루카스 씨는 내가 많이 컸다며 계속 떠들어댔고, 엘모어 히벨넌은 내가 100만 달러나 되는 유산을 노리고 자기를 죽이러 온 FBI 요원이라도 되는 양 마구 비명을 질러댔다.

그때 아툴라가 자기 방에서 나와서 사람들에게 조용히 하라고 고함을 질렀다. 이제 도와주는 사람이 아무도 없으니 그녀도 미치기 일보 직전이겠지만, 그래도 나를 보고는 미소를 지었다.

내가 엄마의 소지품을 챙기러 왔노라고 말하자, 그녀의 얼굴에서 웃음기가 사라졌다. 그녀는 스카프를 고쳐 매고 나서 가기 전에 자기 방에 들르라고 말했다.

나는 토비를 떼어낸 다음 엄마가 쓰던 방으로 들어가 문을 닫았다. 그러고는 서랍 안의 물건들을 쏟아 마분지 상자 안에 담았다. 대부분 루스리프 노트(페이지를 마음대로 뺐다 끼웠다 할 수 있는 노트:옮긴이), 메모지, 내 옛날 사진 같은 것들이었다. 내가 찾고자 하는 물건은 아니었다. 난 뭔가 단서가 될 만한 걸 찾고 있었다. 그게 뭘 의미하는 것이든지 간에.

나는 책상을 깨끗이 비우고 나서, 엄마의 서류 캐비닛을 열었다. 내 생각엔 그곳이야말로 정말 도움이 될 만한 게 있을 것 같았다.

하지만 너무 늦었다.

캐비닛은 텅텅 비어 있었다.

테러라도 당한 기분이 들었다. 왜 있잖아, 영화를 보면, 어떤 사람이 죽기 직전에 전화가 불통이 되거나 가지고 있던 총이 사라져버리는 것 같은.

어떤 악당이(바이런일 수도 있고, 공범일 수도 있지만) 머리에 스타킹을 뒤집어 쓴 채 엄마의 사무실을 몰래 샅샅이 뒤지는 모습이 떠올랐다. 엄마의 서류 중엔 누군가를 고발하는 내용이 있을지도 모른다. 살인도 불사할 만큼 중요한 서류…… 그래서 그들이 그걸 꼭 손에 넣어야 했을 거다.

아니다. 아툴라가 서류를 가지고 있을 거야! 분명해. 엄마가 사라지는 바람에 이젠 아툴라가 직접 의뢰인들을 챙겨야 하니까. 그녀가 아니라면 누가 그 일을 하겠어?

그녀에게서 서류를 되찾을 방법이 있을지 궁리해봤지만, 그건 불가능할 거라는 생각이 들었다. 법률에 이런 내용이 있다. '변호인-의뢰인 특권'. 의뢰인이 변호인에게 한 어떤 말도 비밀에 부쳐야 한다는 뜻이다. 가령 여러분이 살인을 저질렀거나 은행을 털었다는 말을 했더라도, 의뢰인이 허락하지 않는 한 변호인은 그에 관해 어떤 말도 다른 사람에게 해서는 안 된다. 이는 법률 서류에 관해서도 똑같이 적용된다. 따라서 아툴라는 서류를 내게 넘겨주려 하지 않을 거다. 그렇다고 서류를 훔칠 수도 없는 노릇이다. 최소한 아직은 아니었다. 이 문제를 다른 방법으로 해결해야만 했다.

나는 엄마의 다이어리와 주소록을 집어 상자 안에 넣었다. 그러고는 엄마의 책상을 깨끗이 닦고 여름 내내 방치되어 있던 화분들을 쓰레기통에 버렸다.

나는 상자와 문 뒤쪽에 걸려 있는 엄마의 외투를 들고 아툴라를 만나러 갔다.

아툴라는 무척 바빴다. "내가 네 편인 거 알지?" 따위의 이런저런 연설을 들을 여유가 없었기 때문에 차라리 잘된 일이었다. 그래도 아툴라는 어떻게든 한 마디 연설을 하려 했지만, 전화가 걸려오는 바람에 그 전화를 받아야 했다. 어떤 남자와 통화하면서, 그녀는 내게 다가와서 손등으로 내 뺨을 어루만졌다. 왜 그러는지 알 수 없었지만, 나도 모르게 내 눈가가 촉촉해졌다. 왠지 내가 나약한 인간이란 느낌이 들었다. 그저 밖으로 나가고만 싶었다. 금방이라도 울음이 터질 것 같아서 두려웠다.

혹은 줄줄이 다 털어놓거나. 그게 더 안 좋은 경우이겠지만.

나는 "안녕히 계세요"라고 말하고 밖으로 뛰쳐나왔다. 토비가 뒤따라 달려 내려왔지만, 내가 더 빨랐다. 나는 토비에게 말했다. "도망쳐, 토비." 그러고는 도망쳤다.

물적 증거

::
범죄의 증거가 되는 물건의 존재나 상태. 범행에 사용된
흉기, 훔친 물건 따위
::

집으로 돌아와 상자에 가득한 엄마의 물건들을 식탁 위에 쏟았다. 맥이 확 풀렸다. 쓸모없는 잡동사니 한 더미라니.
하지만 뭐라도 알아내려면 이것들을 좀 정리해야 할 필요가 있었다.
쓰레기와 빈 담뱃갑, 은박지에 싸인 껌 뭉치, 엄마가 희한한 모양으로 휘어놓은 서류 클립들을 먼저 치워냈지만, 갑자기 마음을 바꿨다. 그것들을 쓰레기통에서 꺼내어 다시 식탁 위에 올려놓았다. 이런 사소한 것들이 중요한 단서일지도 모른다는 생각이 들었기 때문이다. 어쩌면 엄마가 씹은 게 아닐지도 몰라. 혹시 다른 사람이 껌을 씹고 거기에 DNA를 남겼을지도 모르지.
나는 엄마의 사무실에서 가져온 물건들을 하나하나 샅샅이 살폈다. 하지만 눈에 띄는 게 없었다.

그래서 물건들을 그룹으로 묶었다. 어떤 특징을 발견할지도 모르니까. 그 '쓰레기들'을 모두 식탁 위 구석으로 몰아놓았다. 반대쪽엔 분홍색 메모지를 모두 놓았다. 사진은 사진끼리, 연필은 연필끼리 모두 모으고 루스리프 노트는 사용한 것과 사용하지 않은 것을 따로 두 무더기로 분류했다.

이만하면 준비는 끝났다. 이제부턴 셜록 홈스가 되어 단서를 찾아내면 되는 거다.

나는 각각의 전화 메모를 읽고 또 읽었다. 달린, 엘모어, 마지 부인에게서 걸려온 전화. 이민자 지원센터와의 약속. 검사와의 약속. 심리 날짜를 확정하기 위해 빅샷 씨의 비서가 아툴라의 비서(바로 나)에게 전화를 요청한 메모. 대부분의 전화 메모를 받은 사람은 나였기 때문에 그다지 놀랄 만한 내용은 없었다. 개학을 해서 내가 학교에 다닐 땐, 엄마나 아툴라가 직접 전화를 받거나 자동응답기가 대신 전화를 받았다. 그 이후론 메모지를 쓸 일이 별로 없었다.

이번에는 사진들을 정리했다. 학교에서 찍은 내 사진들을 어렸을 적부터 순서대로 늘어놓았더니, 별안간 어떤 생각이 스쳤다. 너무나 뚜렷했다! 내가 왜 이걸 진작 보지 못했을까?

내 얼굴에 비해 이빨이 너무나 크게 보였다! 마치 과자 두 개를 윗입술 아래에 밀어 넣은 사람처럼 보였다(양치질을 했는지 안 했는지 금방 알 수 있을 만큼). 이 사실을 머릿속에 잘 기억했다가 나중에 여유가 생기면 보통 사람들의 치아 크기로 줄이는 치료를 받기로 마음먹었다.

다른 사진들을 넘겨보았다. 엄마의 졸업식 사진. 빈민연합 시위에 참가한 엄마의 사진. 이민자 지원센터 밖에서 찍은 엄마의 사진. 그 사진은 센터가 문을 열던 날 찍은 게 분명했다. 엄마와 아툴라는 양복을 입은 덩치 큰 남자의 양옆에 서 있었다. 그 남자는 두 사람에게 팔을 두르고 있었는데, 셋 다 평생 먹을 바나나를 얻은 원숭이들처럼 신나게 웃고 있었다. 그 남자는 아마도 엄마가 늘 얘기하던 지원센터 명예회장인 듯했다. 사진 아래 부분엔 그의 자랑거리인 초록색 BMW 바퀴가 보였다. 솔직히 말하면, 좀 재수 없다는 생각이 들었다. 가난한 사람들을 위한 시설을 방문하면서 십만 달러싸리 자동차를 타고 가다니. 그것에 문제를 제기한 사람이 아무도 없었단 말인가? 엄마는 왜 그런 모습을 문제 삼지 않았을까?

하지만 지금 그런 생각을 하는 건 시간낭비였다. 엄마를 찾는 게 목적이지, 엄마를 이해하는 게 목적이 아니니까. 내가 엄마를 완전히 이해하기란 엄마가 살아 있는 동안에는 불가능할 거다.

이번에는 두 번째 무더기를 살피기로 했다. 사용한 루스리프 노트들. 노트를 살피면서 내가 알아낸 사실은 엄마가 쓸데없는 낙서로 시간을 보내는 데 선수라는 거였다.

이젠 사용하지 않은 루스리프 노트만이 남았다. 별로 예리하지 않은 탐정이라면 그걸 그냥 쓰레기통에 던져버리고 말겠지만, 어린 시절 탐정소설을 즐겨 본 사람이라면 절대 그러지 않을 거다. 나는 파란색 크레용으로 아무것도 쓰여 있지 않은 노트 위를 문질렀다. 뜯겨져 나간 앞장에 엄마가 썼던 글자들의 자국이 보이기 시작했다. 파란색 안에 흰색의 전화번호가 나타났고, 그 다음엔 주소가 보였다. 심장이 마구 뛰기 시작했다. 크레용으로 한 번 더 문지르자, 엄마가 그동안 무슨 일을 꾸미고 있었는지 알게 되었다. 엄마는 날 방과 후 학습 과정에 등록시키려고 했다! '청소년을 위한 정치 행동.' 아주 잠깐 동안이긴 했지만, 그 순간 난 엄마가 사라진 게 다행이란 생각이 들었다. 제발 엄마가 날 개량시키려는 노력을 그만 했으면.

그때쯤, 화도 나고 실망도 해서 모두 집어치우고 싶었다. 하지만 내가 지금 그만두면 달리 무슨 일을 할 수 있을까? 먹을 것도 없고, 잠을 잘 수도 없는데. 이런 상황에서 스케이트보드를 탈 마음이 생길 리도 없었다.

나는 엄마의 다이어리를 집어 들고 페이지를 하나씩 넘기기 시작했다.

다이어리 또한 이리저리 뒤죽박죽 휘갈겨 써서 읽기 힘들었다.

간신히 읽을 수 있는 건 암호처럼 보였다.

'EHLw. Ct.'

'D&F sep ag?'

'JHG-Hng.'

자타공인 스크래블짱인 내 실력으론 3분 안에 모두 풀 수 있을 것 같았지만, 그런 일은 생기지 않았다. 그저 글자들을 한참 동안 노려보면서 쿨에이드 음료와 메리 맥아이작, 그리고 내가 그녀한테 댄스파티에 함께 가자고 청하면 가줄까 하는 생각을 하고 있었다. 문득 그녀를 웃게 만들 몇 가지 얘깃거리가 떠올라서, 그녀와 댄스파티에 가는 게 아주 희망이 없는 일은 아니라는 생각이 들었다. 하지만 댄스파티는 3주도 채 남지 않았다. 그때까지 엄마를(혹은 최소한 먹을거리를 살 돈 몇 푼이라도) 찾지 못한다면, 뼈만 앙상하게 남은 나와 파티에 갈 애가 있을 리 만무하다.

정신을 가다듬을 필요가 있었다. 나는 주소록을 다시 한 번 살피다가 두어 가지 눈에 띄는 내용을 발견했다. 'Lw.'와 'Ct.'는 법원의 이름이었다. 대문자로 쓴 글자들은 사람 이름의 약자이고. 일단 그걸 알고 나니, 그들이 누구인지 알아챌 수 있었다.

EH: 엘모어 히멜먼.

D&F: 누군지 뻔하잖아? 달린과 프레디 커플.

그렇다면 'sep ag'는 이혼 합의(separation agreement)란 말이고,

물음표는 '결국 그들은 헤어지기로 합의하는가?'를 의미하는 것일 테지.

JHG-hng. 처음엔 '존 휴 길리스-교수형'이 아닐까 추측했지만, 캐나다에선 지난 40여 년 동안 교수형을 집행한 적이 없었다. 게다가 두어 번 무단침입을 했기로서니 과연 교수형에 처할까 하는 의문이 들었다. 'hng'는 '심리(hearing)'를 의미하는 것일 테지. 바로 존 휴의 무단침입 행위에 관한 선고가 있게 될 공판을 뜻하는.

그 이후의 암호 해독은 꽤 수월했다. 엄마가 남긴 기록이 꼭 업무에 관련된 것만은 아님을 깨달을 때까지, 몇 개의 단어 때문에 고생을 하긴 했다. 'T.M.'은 엄마의 머리를 손봐주는 미용사 태릴 메럴슨이고, 'ct'는 이번엔 법원을 뜻하는 말이 아니었다. 'cut', 또는 오히려 'chat'이 그럴듯했다(두 가지 다 수다와 관련된 건 마찬가지다). 'CM-dnt.'와 'ck-up'은 치과 예약을 했다는 뜻일 것으로 생각되었다(이건 그냥 암호를 풀지 못한 걸로 하기로 했다).

하지만 수차례 등장하는데 무슨 뜻인지 알 수 없는 말이 하나 있었다. 'BC-Wtrfrnt.' 엄마는 보통 단어 속에서 모음을 빼는 경향이 있어서, 마지막 부분은 무슨 뜻인지 알아내는 데 그다지 어렵지 않았다. Wtrfrnt=Waterfront(부둣가). 엄마는 항구가 훤히 보이는 근사한 식당에서 어떤 사람과 만나기로 약속한 거다.

아, 그런 생각이 들자 부아가 치밀었다. 아들은 매일 점심 때 국수나 먹고 있는데, 엄마란 사람은 여왕 대접을 받는 식사를 즐기다니. 엄마라면 제일 먼저 자식을 챙겨야 하는 거 아닌가?

그런데 뭔가 이상한 구석이 있었다. 엄마는 근사한 데이트를 하고도 나를 위해 남은 음식을 싸 오진 않았다는 점이다. 엄마는 한 번도 실토를 한 적이 없지만, 나는 그동안 엄마에게 남자친구가 몇 명 있었다는 사실을 알고 있었다. 어떤 남자가 엄마에게 팔을 두르고 있는 걸 보거나, 엄마 친구들이 무심결에 엄마의 '중요한 데이트' 얘기를 하는 걸 들은 적이 있었다. 만약 엄마가 새 남자친구와 사랑에 빠져 로맨틱한 데이트를 한 거라면(웩~), 엄마는 내가 그 사실을 알지 못하길 바라기 때문에 음식을 싸 오지 않았던 게 분명하다.

그럴듯한 설명이다.

그런데 이번엔 어떤 남자야?

B.C.

B…C…

B…

C…

그런 머리글자로 시작되는 이름을 가진 사람들을 나는 알고 있었다. 나는 'B'로 시작되는 남자들의 이름을 하나씩 줄을 그어

지웠다.

빌. 블레어. 브렌든. 벤. 버트. 바트.

바이런.

바이런 쿠벨리어.

B.C.

미성년자

::
법적인 권리를 행사할 수 있는 나이에 미치지 못한 사람. 만 20세 미만
::

꼬박 3일 동안 잠을 자지 못했다. 이러다 계속 잠을 잘 수 없을 것 같은 생각에 신경이 곤두서 있었는데, 그날 밤엔 그렇지 않았다. 식탁에서 기절이라도 한 것 같았다. 그래서인지 그날 밤엔 기괴한 꿈을 꾸기까지 했다.

바이런이 바로 나의 아빠였고, 내 손 역시 뭉툭하게 잘려 있는데, 떠돌이 생활자처럼 텐트 같은 곳에서 살고 있었다. 켄달도 우리와 함께 살고 있었다. 그는 내게 바퀴가 세 개밖에 없는 특이한 스케이트보드를 주었다. 나는 그걸로 놀라운 기술을 보일 수 있었는데, 그건 순전히 내가 한쪽 팔이 없기 때문이었다. 그리고 엄마도 꿈속에 나타났다. 엄마의 목소리도 들었고 담배 냄새도 났고 엄마와 전화 통화를 하기도 했다. 하지만 실제로 엄마의 모습을 볼 수는 없었다. 엄마가 화장실에 있는 동안 나는 밖에서

기다렸는데(우리가 살던 텐트엔 전화와 화장실도 있었다), 엄마는 어찌 된 일인지 소리도 없이 사라져버렸다.

나는 꿈속에서 엄마를 꼭 만나고 싶었지만 한편으론 만나고 싶지 않았다. 엄마를 만났다면 엄마는 당장 스케이트보드를 빼앗으려 했을 거다. 하지만 정말로 걱정된 건 그게 아니었다. 바이런이 나의 아빠라는 사실을 알게 되면 엄마가 나한테 불같이 화를 낼 것 같아서였다. 마치 그게 내 잘못이라도 되는 양.

지금은 완전히 얼빠진 소리 같지만, 꿈을 꾸고 있을 때는 그 모든 게 실제로 일어나는 일처럼 느껴졌다. 잠에서 깨어난 뒤 나는 한동안 마음을 진정시킬 수 없었다. 숨을 쉬기도 힘들 정도였다.

나는 바이런과 엄마가 부둣가에서 비밀리에 만났다는 사실을 떠올렸다. 두 사람은 어쩌려는 속셈이었을까? 비밀을 지키려 했다면, 도대체 왜 그런 곳에서 만난 걸까? 아무래도 사랑에 빠져 눈에 콩깍지가 씐 나머지 미처 그런 생각을 못 한 거겠지.

참나.

켁.

웩. 웩. 웩.

구역질 나.

정말로 구역질이 났다. 뭔가 앞뒤가 맞는 것 같았다. 엄마는 바이런을 혐오하고 그가 눈앞에서 당장 사라지길 원하는 듯이 행동했는데, 어찌 보면 그건 누군가를 좋아할 때 보이는 괴상한 행동 같은 거였다.

나는 바이런이 엄마의 남자친구라는 사실, 그리고 그렇게 밤늦도록 말싸움을 일삼던 게 결국 사랑싸움에 불과했다는 사실을 떨쳐버릴 수가 없었다. 그렇게 생각하는 게 무척 짜증나는 일이고 어쩌면 바보 같은 짓인지 몰라도, 마음속에서 쉽게 지워지질 않았다. 그것이 잠재의식이든 뭐든 간에, 최악의 시나리오가 사실이란 걸 확인시키고 아픈 기억을 들쑤시게끔 만들었다. '분명히 뭔가 일이 벌어지고 있어. 어쨌든 엄마가 그 남자를 곁에 머물게 했잖아!' 엄마가 바이런을 참고 견딘 게 그저 협박 때문이라고 보기엔 다소 미심쩍은 구석이 있었다.

나는 바이런이 우리와 함께 사는 동안 있었던 일 몇 가지를 떠올렸다. 그가 콧노래를 부르던 모습, 엄마에게 "헤이, 자기" 하며 미소를 날리던 모습, 그가 좋아하는 것만 골라서 샐러드를 만들어주던 엄마의 모습. 그리고 나와 팔씨름할 때 그의 알통에서 본 'C.C'라는 문신이 떠오르자, 내 얼굴에서 핏기가 사라져버렸다. 이제 그 문신이 뭘 의미하는지 알 것 같았다.

시릴 쿠벨리어.

내가 바로 그의 아들이라니! 게다가 엄마의 어릴 적 실수로 생긴 아이가 바로 나라니! 결국 바이런이 감옥에 간 건 고작 열네 살인 엄마가 임신을 했기 때문이었던 거다.

이런, 세상에.

모든 상황이 들어맞았다. 나는 그런 경우를 뭐라고 부르는지 알고 있었다. '미성년자 강간죄', 즉 미성년자와 육체적 관계를 맺는 행위. 설령 당사자가 승낙하더라도, 14세 미만의 미성년자와는 성교를 할 수 없다. 그건 엄마를 따라 법대에 다닐 때 내 관심을 끌었던 몇 안 되는 사례 중 하나였다.

나는 다시 잠을 청하고 모든 걸 그저 잊고 싶었다. 하지만 그럴 수 없었다. 난 여전히 엄마가 왜 그런 식으로 사라진 건지 그 이유를 알 수 없었다. 엄마가 지금 어디서, 무엇을 하고 있는지도. 앞으로 내가 어떻게 살아가야 할지도.

현관문에 신문이 던져지는 소리가 들렸다. 마침 화장실에 가고 싶었기 때문에, 가서 신문을 집어 들었다. 열린 문으로 햇빛이 들어오자 난 꼼짝도 할 수 없었다. 두 눈이 불타오를 것만 같았다.

신문을 들고 문을 쾅 닫은 다음 소파로 돌아와 머리를 긁적거리며 눈을 비볐다. 이제 뭘 해야 할까. 나는 무릎에 팔꿈치를 대고 앉아 바닥에 놓인 신문을 물끄러미 내려다보았다.

빨간색의 큰 활자로 대문짝만 하게 이렇게 쓰여 있었다.

'메이슨홀 화재 용의자 수배 중'.

제목 밑에 사진 한 장이 실려 있었는데, 투옥 당시 목 아래로 죄수 번호판을 들고 찍은 남자의 사진이었다. 남자는 20대 정도로 보였다. 내가 보기엔 그랬다는 거다. 턱 밑에 수염이 나 있고 한쪽 눈이 부어올라 감겨 있었지만, 난 그 남자가 바이런 쿠벨리어라는 걸 단번에 알 수 있었다.

방화

::
타인의 건물이나 재산에 의도적으로 불을 지르는 행위
::

핼리팩스 데일리

...

메이슨홀 화재 용의자 수배 중

안나 본 말츠한
범죄수사국

핼리팩스 경찰서는 8월 20일 유서 깊은 유물을 파괴하고 노숙자 한 명을 사망케 한 방화 사건의 용의자를 공개했다. 클라이드 쿠벨리어라는 이름의 이 용의자(37세, 거주지 불명)는 신장 175센티미터에 호리호리하며 갈색 눈을 가진 것으로 알려졌다. 용의자의 팔과 가슴은 문신들로 덮여 있으며, 오른쪽 손은 사고로 잃었다고 한다. 그는 사건 발생 당일 생활보호시설에서 마지막으로 목격되었는데, 목격자에 따르면 그는 자정쯤 메이슨홀로 향했다고 한다.

쿠벨리어는 그의 한쪽 손을 잃게 된 절도 혐의로 도체스터 교도소에서 6년간 복역했으나, 흉악범은 아닌 것으로 알려졌다. 주변 지인들의 말에 따르면, 쿠벨리어는 수년간의 여행을 마치고 핼리팩스로 돌아온 직후인 약 8개월 전부터 생활보호시설에 자주 나타났다고 한다. 그는 외견상으로 모든 사람들의 호감을 샀던 것으로 보인다.

생활보호시설의 원장인 지젤 더리올트는 그에 대해 "친절하고 매우 지적인 사람입니다. 바이런은 항상 어려움이 있는 사람들을 도와주었어요. 과테말라에서 구호활동에 참여한 적이 있기 때문에, 어려움에 처한 사람들과 어떻게 교류해야 하는지를 알고 있었지요"라고 말했다. 더리올트 원장은 그의 예전 경력을 높이 사 보호시설 내의 임시 카운슬러 직을 맡긴 것으로 알려졌다.

경찰이 공개한 상세한 정보는 거의 없지만, 주중에 걸려온 익명의 전화 한 통으로, 칼 스태포드 부드로(49세)라는 남자를 사망케 한 방화 사건의 수사가 본격 진행되었다고 소식통은 전했다.

  메이슨홀은 문화유산 보호단체가 복원을 위한 기금 마련에 애쓰는 동안, 3년 이상 빈 건물로 방치되어왔다. 그 기간, 빅토리아 시대에 지어진 이 5층 건물에서는 종종 갈 곳 없는 사람들이 잠자리를 해결해왔다고 한다. 불법 마약 제조단체가 이 화재와 관련이 있는 것으로 추정되고 있다. 소식통에 따르면, 바로 옆 건설 현장의 한 인부로부터 쿠벨리어가 마약 제조 조직과 연관이 있다는 증거를 확보한 것으로 알려졌다.

  희생자인 부드로 씨는 정신장애와 당뇨병을 앓고 있었는데, 그의 친구들은 쿠벨리어가 그의 체중 감량 프로그램에 도움을 준 것으로 안다고 말했다.

  핼리팩스 경찰서는 메이슨홀 화재와 관련된 정보, 또는 바이런 클라이드 쿠벨리어의 소재에 관한 정보를 알고 있는 사람은 전화 431-8477, 한나 거트로 경사에게 제보해줄 것을 요청했다.

공모

::
두 명 이상의 사람이 함께 불법 행위를 저지르는 일에 동의하는 것
::

그 신문기사 때문에 잠이 확 달아났다. 나는 당장 거실로 달려가 텔레비전을 틀었다. 10분 동안이나 짜증나는 진행자의 허튼소리를 참아낸 끝에, 마침내 기다리던 뉴스가 나왔다. '메이슨홀 화재 속보'.

리포터는 두 번의 세계대전을 치르는 동안 아군의 환향식(還鄕式)이 열리고 유명 인사들의 결혼식이 치러졌던 곳이라는 사실을 크게 떠들었다. 최근 수년간 메이슨홀이 사양길에 놓였다는 얘기와 문화유산 보호단체가 콘도 개발 및 쇼핑몰 건축 계획에 맞서 몇 번이나 싸워 막아냈다는 얘기를 떠들 무렵, 나는 이미 지칠 대로 지쳐 있었다.

막 다른 채널로 돌리려고 할 때, 리포터가 바이런 클라이드 쿠벨리어의 얘기를 꺼냈다. 화면에 그의 옛날 사진이 보였고, 리포

터는 생활보호시설에서 그와 함께 있었던 동료들과의 인터뷰를 시작했다.

다른 누군가가 봤더라면 노벨평화상 수상자의 애기를 하는 줄 알았을 거다. 인터뷰 내용만 봐서는 바이런 쿠벨리어는 절대 나쁜 짓을 할 사람이 아니었다. 이빨이 세 개밖에 없고 눈이 침침한 한 노인은 바이런이 글 읽는 법을 가르쳐주었다고 말했다. 다른 사람은 바이런이 금연을 도와주었다고 했고, 나보다 두 살 쯤 나이가 많아 보이는 녀석은 여덟 살 때 방한복을 사라며 바이런이 돈을 주었다고 했다.

스탠 베리건이란 남자는 모든 게 음모라면서 침 튀기며 떠들어대기 시작했다.

"바이런은 나쁜 짓을 할 사람이 아닙니다. 그가 몇 년 전 죄를 짓고 감옥에 간 적이 있기 때문에, 경찰이 그에게 뒤집어씌우려고 하는 겁니다. 경찰은 항상 갈 곳 없는 노숙자들만 몰아세우고 있어요. 이건 뭐, 집도 절도 없는 놈들은 나쁜 짓만 한다는 겁니까? 유전무죄, 무전유죄나 마찬가지라구요. 바이런은 진실이 뭔지 알고 있어요. 부자라는 사람들은 그가 진실을 까발리는 걸 결코 좋아할 리 없지요."

누가 봐도 그 남자에겐 아직 할 말이 남아 있는 듯 보였지만, 리포터는 그의 말을 중간에서 잘랐다.

"마이크를 스튜디오로 넘기겠습니다. 죠시, 오늘의 스포츠 소식을 전해주시죠!"

메이플 리프스(캐나다의 아이스하키 프로 팀:옮긴이)의 시즌 개막전 소식을 들을 기분은 아니었다. 나는 텔레비전을 끄고 다시 천장 위의 얼룩을 쳐다보았다.

나는 생각했다. 그래, 어떻게 된 일인지 알겠어. 낮에는 노숙자들의 카운슬러인 바이런 쿠벨리어가 밤에는 마약을 만든 거야. 그는 마약에 취한 상태로 유서 깊은 건물에 불을 질렀고, 그로 인해 한 사람이 죽게 된 거지. 그의 팔에 화상이 나 있는 것도 그 때문일 거다.

나는 결코 바이런을 좋아한 적이 없기 때문에, 내 추측이 사실이길 정말로 바랐다. 하지만 난 그럴 수 없었다.

내가 느끼기에, 왠지 바이런은 그런 사람이 아닌 것 같았다.

소문

::
간접적으로 전해 들은 말
::

가게에서 나초 크리스피 한 봉지를 산 다음, 스탠 베리건을 만나러 생활보호시설로 향했다. 가는 내내 사람들이 바이런에 대해 뭐라 말하든 난 그 말을 믿었을 거라는 생각이 들었다. 그가 노인을 속여 틀니 접착 크림을 빼앗았다 해도, 홈스쿨 협회를 폭파하려는 테러범이라 해도 믿었을 거다. 상황에 따라서는, 그가 미스 누드 유니버스 선발대회에서 최종예선까지 남은 후보였다고 해도 믿었을지 모른다.

하지만 그가 마약 제조상이라는 사실과 방화범에 살인자라는 사실만은 믿을 수가 없었다. 설령 우발적으로 방화와 살인을 저질렀다 하더라도, 바이런이 마약과 관련 있다는 건 여전히 믿을 수 없었다. 그는 담배 연기를 참지 못하는 사람이니까. 그런데 나더러 그가 마약을 만들었다는 걸 믿으라고?

좋아, 자기가 직접 하진 않았을지도 모른다. 혹시 모르지, 그는 그저 마약을 팔기만 했는지도. 평범하게 살면서 아르바이트로 마약을 팔았는지도 모른다.

그가 마약을 팔았다고 치자. 그럼 그가 번 돈은 어디로 갔지? 왜 생활보호시설에서 있었던 걸까? 호텔 방보다 그곳을 더 좋아했다는 건가?

도대체 왜 우리한테 빌붙어 있었던 건데? 끼니나 때우자고 그랬던 건 분명 아닐 거다. 그랬다면 그렇게 불평불만을 늘어놓았을 리 없잖아.

바이런에겐 돈이 한 푼도 없었다는 걸 나는 확실히 알고 있다. 그럼 그는 대체 무슨 일을 벌이고 있었던 걸까?

오전 8시쯤 생활보호시설에 도착했지만, 이미 늦은 시간이었다. 사람들은 모두 밖으로 나가 저녁때까지 들어오지 못하게 되어 있었다. 다행히 청소부 아줌마는 친절한 사람이었다. 그녀는 스탠 베리건을 알고 있었고, 어딜 가면 그를 찾을 수 있는지 알려주었다. 그녀는 시내의 술집들이 모여 있는 아가일 거리로 가보라고 했다. 그는 이른 아침부터 전날 밤 그곳에 버려진 담배꽁초를 줍는 걸 좋아한다고 했다.

아줌마 말대로 스탠 베리건은 한 술집 앞 인도에서 담배꽁초를 줍고 있었다. 그는 내가 나타나자 탐탁해하지 않았지만, 내가 자기 구역을 침범할 의도가 없다는 걸 알고는 다소 경계를 늦추었다. 나는 그에게 학교 신문 기자인데 메이슨홀 화재 사건과 관련해서 바이런에 관한 얘기를 듣고 싶어 왔다고 했다.

스탠은 담배꽁초에 불을 붙이고, 생각 좀 해봐야겠다는 듯한 표정으로 날 힐끗 보더니, TV에서 봤던 모습 그대로 떠들어대기 시작했다. 나는 그의 기분을 맞춰 주기 위해 그의 말을 모두 받아 적었다. 마침내 스탠의 기분이 한껏 무르익었을 때, 나는 슬며시 정말 묻고 싶은 질문 하나를 꺼냈다.

"그럼 바이런과는 얼마나 오래 알고 지내신 건가요?"

"아, 참 어려운 질문이구만. 한 20년… 25년쯤 됐을까. 우린 같은 고향 출신이거든. 둘 다 돈을 벌기 위해 대도시로 향한 경우지. 우습게도, 난 내 앞가림도 제대로 못 했어. 술집에서 접시 닦는 일이나 했으니까."

그가 팔꿈치로 내 옆구리를 쿡 찔렀다. 이 부분에서 웃어줘야 한다는 신호임을 깨닫고 내가 빙긋 미소를 짓자, 그는 하던 말을 계속 했다.

"그렇지만, 바이런은 좀 달랐어. 한동안 잘나갔지. 대학교도 다니고 이런저런 것들이 잘 풀렸지. 장학금까지 받았는걸. 그의 어머니는 아들을 꽤나 자랑스럽게 여겼어…… 그 일이 일어나기 전까지는 말이야."

"무슨 일이 있었는데요?"

"거참, 너무 깊숙이 알려 하진 마. 끔찍하게 골치 아픈 일이니까…… 어떤 여자애 얘긴데, 그 애를 뭐라 불렀더라? 꽥꽥인가 뭔가 하고 불렀지 아마. 아주 작은 여자애였는데, 이미 갓난애가 하나 있더라구. 영락없는 날라리였지. 그런데 말은 어찌나 그럴싸하게 잘하던지. 바이런도 그 애 말에 홀딱 속아 넘어갔겠지. 교회를 턴 사람은 바이런이 아니라, 바로 그 여자애였어."

갑자기 내 입이 바싹 타들어갔다. 나는 입술에 침을 바르고 나서 침울한 목소리로 간신히 다른 질문을 던졌다.

"왜, 왜 그녀가 교회에서 도둑질을 한 거죠?"

"오, 날 너무 몰아붙이진 말라구, 꼬마야. 그게 언제 적 얘긴데, 내가 그걸 다 기억하겠어?"

그는 모자를 벗더니 크고 갈라진 손으로 머리를 긁적거리기 시작했다. 아주 작정한 듯이 긁어댔다. 피부와 머리카락 속에, 뭔지는 몰라도, 작은 벌레들이 기어 다니는 것만 같았다.

그는 모자를 다시 눌러 쓰고는 막 주운 꽁초에 불을 붙였다. 담배 연기를 한 모금 길게 마시더니 이제야 살 것 같다는 표정으로 나를 보았다.

"이런 일이 생길 거라는 생각은 했지만, 받아 적지는 않는 게 좋아. 내가 한 말이 신문에 잘못 실려서 고소라도 당하긴 싫거든. 알겠지?"

"네, 알겠어요."

"그럼, 좋다. 얘기해주지. 바이런은 대학에 다니면서 구세군에서 일을 돕고 있었어. 내 생각에, 그는 사회사업가 같은 일을 염두에 두고 있었던 것 같아. 내가 그를 다시 만난 것도 그 덕분이지. 그 무렵, 아내가 날 버리고 떠나는 바람에 난 보호시설을 자주 찾았어. 월급을 몽땅 털어 술을 마시는 나쁜 버릇이 있었거든. 어쨌든 그는 '제멋대로인 여자들'과 함께 일하고 있었는데(있잖아, 미혼모들 말이야), 꽥꽥인지 뭔지 하고 부르던 그 여자애를 만난 거지. 그는 그 애를 좋아하는 것 같았어. 내 말은 단순히 '좋아하는' 것 같았단 거야. 더 이상의 감정은 아니고. 그는 여자애보다 나이가 훨씬 많고 그 애한테 애가 딸려 있단 사실도 알고 있었으니까. 정신이 제대로 박힌 남자라면 누가 다른 사람의 애를 떠맡으려고 하겠어? 악을 쓰며 울어대는 애를 말이야. 어쨌든 그 고약한 입만 아니면 제법 똑똑한 여자애라서, 바이런은 그 애가 대학에 들어갈 수 있겠다고 생각하는 것 같았어. 그런데 그 애는 바이런의 의도를 오해했어. 그가 자기는 물론 뼈만 앙상한 아기를 보살펴줄 거라는 생각에 사로잡힌 거지. 사실, 몰골이 정말 볼품없는 아기였긴 했지……."

"그럼 교회 사건은 뭐죠?"

스탠은 참 딱하다는 듯 고개를 내젓고는 하던 말을 이어갔다.
"아까 말했듯이, 내가 한 말을 기사에 쓸 생각은 절대 하지 마라. 워낙 오래전 일이기도 하고, 사실 내가 여자에 대해 알면 얼마나 알겠니? 아내가 달아나기 전 7개월 동안 내 앞가림 하기 바빠서 전혀 그런 눈치를 못 챘으니 말 다 한 거지. 어쨌거나, 내가 내린 결론은 이거야. 꽥꽥이가 바이런의 호의를 오해한 거야. 그 애는 그게 사랑이라고 생각했던 거야.
바이런의 진짜 생각을 알게 된 뒤, 그 애는 스스로 잘났다고 생각하는 여자들이 똑같이 하는 행동을 보였어. 미칠 듯이 화가 나서 견딜 수 없었던 거지. 그 애는 바이런의 집 앞에 아기를 버리고 떠나버렸어. 마약이라도 해서 그런 건지, 아니면 자기를 사랑하지 않은 바이런에 대한 원한 때문인지는 잘 모르겠지만, 아무튼 그 애는 교회를 털 계획을 세웠어. 그 교회 이름이 뭐더라? 부자인 남부 주민들만 간다던데. 다운 옥스퍼드 거리… 빅스톤 쪽에 있는… 제1감리교회, 바로 그거야!
바이런은 그 교회가 큰 지진 피해를 입은 멕시코인들을 위해 성금을 모으는 일을 도와줬는데, 꽥꽥이가 그걸 알고서 교회를 찾아간 거야. 그 애는 교회의 신도들이 그렇게나 좋아하는 화려한 스테인드글라스들을 엉망으로 만들어놨어. 어떻게 알았는지 몰라도, 바이런은 그 애가 무슨 짓을 하려는지 눈치 채고 그 애를 쫓아갔어. 하지만 그 애랑 심하게 말다툼을 하다가 끔찍하게도 유리에 손이 잘렸지. 바이런은 애를 썼지만 결국 성금함을 되돌려놓지는 못했던 것 같아."

스탠은 잠시 멈추었다가 다시 말을 이었다.

"경보기가 울렸는지, 개와 산책 중이던 누군가가 창문이 박살난 걸 봤는지, 경찰이 출동했지만 그 둘은 도망치고 없었어. 참, 세 명이군. 바이런이 아기를 데리고 있었으니까 말이야.

일주일쯤 지나서 경찰이 그들을 붙잡았는데, 당시 바이런의 손은 잔뜩 부풀어 오르고 고름이 차서 잘라내야 할 지경이었지. 그 교회 신도들은 그 꼴을 보고 엄청 고소해했을 거야. 극도로 화가 나 있었으니까. 선량한 핼리팩스 주민들은 바이런이야말로 악질 중의 악질이라고 생각했고, 바이런도 별다른 변명을 하지 않았어. 물론 꽥꽥이도 아무 말이 없었어. 자기를 받아주지 않은 바이런에게 그 대가를 치르게 한 셈이라고나 할까…….

거의 모든 사람들이 바이런에게 엄벌을 내려야 한다고 생각했지만, 나 같은 보호시설 사람들은 생각이 달랐어. 바이런은 꽥꽥이가 얼마나 끔찍이 자기 아기를 사랑하는지 알기 때문에 묵묵히 입을 닫고 있다는 걸 우리는 알고 있었지. 진상이 밝혀진다 해도, 꽥꽥이는 겨우 열대여섯 살밖에 안 된 미성년자라서 처벌을 면할 수 있었어. 하지만 문제는 아기였어. 판사는 꽥꽥이에게서 아기를 키울 기회를 박탈할 테니까 말이야. 결국 바이런은 잘못된 길로 빠진 불쌍한 계집애를 위해 대신 벌을 받게 되었지. 모두 사실이란다. 그런데 넌 나만큼이나 별로 좋아하지 않는 기색이구나. 좀 앉지 그러니, 꼬마야."

"아뇨, 됐어요. 전 괜찮아요. 여자는 어떻게 됐어요?"

"그거야 모르지. 그 애가 이름을 바꿨단 얘기는 들었다만, 십중팔구 교외의 어딘가에서 그럴듯하게 살고 있겠지. 어쩌면 제법 괜찮은 사업가와 결혼해서 살고 있는지도 모르고. 그렇지만 바이런은 어떻게 되었지? 그 친구는 손을 잘라내야 했어. 도체스터 교도소에서 6년이란 세월을 썩혔고. 사정이 그런데, 이번에도 사람들은 그가 한 게 아닌 사건을 갖고 그를 몰아붙이고 있잖아. 내가 중요한 말 한 마디 해주마, 꼬마야. 인생을 살다 보면, 세상 시기 언제나 잎뒤가 딱딱 맞아 떨어지는 건 아니란다."

손해배상

::
법률에 따라 남에게 끼친 손해를 물어 주는 일
::

스탠 베리건의 생각은 틀렸다. 이번이야말로 모든 게 앞뒤가 딱딱 맞아 떨어졌다. 그의 말은 모두 일리가 있었다.

엄마가 왜 그토록 자신의 과거에 관해 내가 아는 걸 원치 않는지 알 것 같았다. 그토록 한 남자의 환심을 사려 한 것, 나를 팽개쳐버린 것, 지진 피해자들을 위한 성금을 훔친 것, 다른 사람에게 죄를 덮어씌운 것…… 만약 내가 그런 일들 중 하나라도 알게 된다면, 엄마는 수치스러움에 죽어버릴지도 모른다.

바이런이 우리 집 문 앞에 나타났을 때 엄마가 껄끄러워한 건 당연한 반응이었다. 엄마는 그가 모든 걸 털어놓을까 봐 두려웠지만, 달리 뾰족한 수가 있는 것도 아니었다. 그가 우리 집에 민폐를 끼치는데도 엄마는 그를 쫓아낼 수 없었다.

바이런의 행동도 수긍이 갔다. 그는 늘 시골뜨기처럼 행동했지만, 난 절대 속지 않았다. 난 항상 그가 보이는 것보다 훨씬 똑똑한 사람이라고 생각했다. 한 수를 더 본다고나 할까. 진짜 천재들만이 어떻게 해야 정말 미움을 받는지를 알고 있는 법이다.

그가 왜 그렇게 행동했는지 이해할 것 같았다. 바이런은 우리를 증오할 자격이 있다. 엄마에겐 살 집과 학위가 있고, 길진 않아도 변호사 경력이 있다. 하지만 바이런같이 착한 남자가 얻은 건 무엇인가? 그에게 남은 건 전과 기록과 한 손뿐이다.

나라도 열이 받겠다.

처음에 나는 그가 우리 앞에 나타난 이유가 단순히 엄마의 심기를 불편하게 하기 위해서라고 생각했다. 그저 엄마를 죄의식에 몸부림치게 만들려고.

하지만 그게 전부는 아니라는 걸 깨달았다. 바이런은 엄마에게 무엇인가를 요구했다. 만약 내가 감옥에 가거나 누군가에게 도움을 주려 했던 '대가'로 손을 절단해야 했다면, 나 역시 그에 걸맞은 보상을 요구할 게 분명하다. 내 추측이지만, 그건 콘수엘라와 메이슨홀 방화 사건과 관련이 있을 터였다. 하지만 그게 뭐지? 그들 사이에 공통으로 연루되어 있는 게 대체 뭐냐 말이다.

난 10시쯤 집으로 돌아가서 우편물을 살펴보았다. 전화요금 청구서. 전기요금 청구서. 수도요금 청구서. 엄마의 학자금 대출과 관련된 우편물. 상이용사 협회에서 보내준 또 다른 우편물만이 유일하게 반가운 것이었다.

그걸 보자마자 웃음이 터질 뻔했다. 엄마가 잃어버린 열쇠 꾸러미라니. 그 순간 왜 그토록 엄마가 몇 년 동안 상이용사 협회를 후원했는지 알 것 같았다. 그저 잃어버린 열쇠나 돌려받으려는 건 아니었다. 단순히 상이용사들의 가족을 도우려는 것만은 아니었다. 그건 엄마 자신을 정당화하려는 노력이었다. 엄마의 열쇠고리에 붙어 있는 작은 꼬리표는 엄마로 하여금 하루도 빠짐없이 바이런을 떠올리게 만들었을 거다. 많은 세월이 흘렀지만 엄마에겐 여전히 빚이 남아 있었다. 엄마가 지금까지 줄곧 빈민운동에 힘쓰고 제정신이 아닌 사람들이 감옥에 가는 걸 막아주고 그들이 기초생활 보조금을 뜯기지 않도록 해온 건 아마 그 때문일 거다.

나는 부엌으로 들어가 다시 한 번 모든 것을 짜 맞추려고 노력했다. 엄마의 사무실에서 가져온 서류 더미 중에서 엄마의 다이어리와 메모지, 사진을 제외하곤 모두 쓰레기통에 쏟아 버렸다. 그러고는 남은 것들을 식탁 위에 올려놓았다. 메이슨홀 방화 사건이 실린 신문의 1면을 찢어서 그것 역시 식탁 위에 올려놓았다. 마지막으로 소형 녹음기와 스탠의 얘기를 적은 메모를 꺼냈다. 그런 다음, 이 모든 상황이 어떻게 들어맞는지 고민하기 시작했다.

모든 걸 짜 맞춘 다음 내린 결론은 이거였다. 난 이제 죽었다.

경찰에 도움을 청할 수도 없고, 나 혼자의 힘으로 해결할 능력도 없다. 그렇게 생각하니 힘이 쭉 빠졌다. 내 주변엔 아무도 없었다. 엄마는 먹을 것 하나 남겨두지 않고 도망가버렸다. "너 먹으라고 냉장고에 먹을 걸 만들어 넣어놨어"라는 말은 그렇다고 치자. 도대체 엄마는 어쩌려는 의도였을까? 날 약 올리고 괴롭히려고? "배고파 죽겠지? 먹을 게 하나도 없네! 하하! 이따 보자고!"

그런데 생각해보니, 그런 전화 메시지를 받고도 그동안 한 번도 냉장고를 열어본 적이 없었다. 어쩌면 엄마가 실제로 먹을 걸 남겨놓았는지도 모른다. 이러니저러니 해도 엄마가 늘 내 걱정을 한다는 건 분명한 사실이니까.

냉장고 문을 벌컥 여니, 냉기가 빠져 나왔다. 냉동 라자냐나 피자가 몇 조각 남아 있길 기대했지만, 아무것도 없었다. 냉장고는 텅텅 비어 있었다.

텅 빈 냉장고 안에는 큼지막한 서류 봉투 하나만 놓여 있었다.

소유권

::
물건을 전면적·일반적으로 지배하는 권리
::

 엄마는 담뱃갑 속에 용돈을 남겨뒀다고도 말했다. 저녁거리가 고작 서류 봉투고, 나에 대한 엄마의 최고의 배려가 기껏해야 납입 기한이 지난 전기요금 청구서일 거란 생각이 들면서도, 어쨌든 나는 담뱃갑을 찾으러 갔다.
 현금으로 87달러. 엄마는 떠나기 전에 계좌를 정리한 게 틀림없었다.
 서류 봉투에 눈길도 주지 않은 채, 가게로 가서 냉동 즉석 도시락 세 개와 초코우유 3리터, 큰 봉지에 든 치즈와 오레오 과자를 하나씩 샀다. 카운터 직원이 무슨 파티라도 여느냐고 물었다. 난 아니라고, 그냥 점심거리라고 말했다. 나처럼 덩치가 큰 사람은 이 정도는 먹어야 한다고······.
 첫 번째 음식을 먹어치우면서, 나는 서류를 훑어보았다. 대부분 엄마가 루스리프 노트에 휘갈겨 써댄 메모들뿐이었다. 뭐가 뭔지 알아볼 수 없었다. 속이 빈 상태로는 그것들을 해독하는 게 불가능할 것 같았다. 그래서 서류들을 옆으로 치웠다.

나머지 것들은 부동산 관련 서류들 같았다. 엄마는 메이슨홀의 소유권에 대해 알아본 듯했다. 엄마가 법대에 다닐 때 그런 일을 도와준 적이 있었다. 어떤 건물을 매매할 때, 매수인은 매도인이 명확한 '소유권 증서'를 가지고 있는지 확인해야 한다. 즉, 매수인은 매도인이 실제로 매매할 물건을 소유하고 있는지를 분명히 확인해야 한다는 뜻이다. 매수인이 소유권 확인을 위해 변호사를 고용하는 건 그런 이유에서다. 그들은 그걸 가지고 관공서(등기소인가 뭔가 하는 데였다)에 가서 등기부등본을 열람한다. 그렇게 하면 건물이 팔리거나 또는 2개 이상으로 분할되었을 때마다 기록된 소유권 변동의 내력을 확인할 수 있다. 오래전부터 그래왔다. 법대에 다닐 때, 옛날 왕에게서 토지를 하사받은 어떤 군인이 17건이나 되는 소유권을 반환해야 했던 사건을 본 적이 있었다.

나는 메이슨홀의 소유권 기록을 거슬러 살펴보았다. 유니액크 가문이 수백 년 동안 소유했던 땅을 메이슨 가문에서 1886년에 사들여 1888년 메이슨홀을 지었고, 1998년 노바스코샤 문화유산보존협회가 그 건물을 매입한 것으로 나와 있었다. 그 일은 모두 일사천리로 진행되었다. 소유권 기록상 유별난 점이라면,

1889년에 금반언(禁反言) 기록이 있다는 거였다.

금반언.

나는 다시 한 번 살펴보았다.

금.

반.

언.

오, 이런, 법대에서 배웠던 게 생각났다. 내 말은 그러니까, 금반언이란 단어가 기억났다는 뜻이다. 처음엔 도대체 무슨 말인지 짐작조차 안 갔다. 그때만 해도 난 온갖 법률용어에 지쳐 있었다. 사실 지금도 그렇긴 하지만.

생각해보라. 지금 이 일이 엄마에겐 죽느냐 사느냐의 문제일 텐데, 내가 뭐라도 해야 할 판인데, 내가 할 수 있는 건 아무것도 없었다. 그저 앉아서 머리나 벅벅 긁어댈 뿐이니.

내 뺨을 때리며 스스로를 자책했다. "정신 차려, 이 바보야."

금반언이 무슨 뜻인지 알아내야 했다.

지금 당장 말이다.

나는 엄마 방으로 휙 달려가서 오래된 법률용어사전을 찾았다. 하지만 아무리 찾아도 눈에 띄지 않았다. 엄마는 늘 정신없이 물건들을 어질러놓기 때문에 그리 놀랄 일도 아니었다.

나는 손톱을 잘근잘근 씹으면서 한참 동안 생각에 빠졌다.

아툴라에게 전화해서 물어보자.

아니, 소용없을 거다. 분명 이렇게 말하겠지. "엄마한테 물어보면 되잖니, 시릴? 그건 그렇고, 네 엄마는 어디 있는 거니?"

아무래도 법대 도서관에 가봐야 할 것 같았다.

땡! 거길 들어가려면 신분증이 있어야 하잖아.

아니다! 나한테 신분증이 있잖아! 엄마의 신분증 말이야.

그게 어디에 있는지도 알고 있잖아. 여기서도 보이는 곳. 엄마는 신분증으로 창문을 받쳐놓곤 했다.

그걸 홱 잡아채자 창문이 쾅 하고 닫혔다. 억세게도 운이 좋았다. 신분증은 구부러지고 지저분했지만, 아직 두어 달쯤 유효기한이 남아 있었다.

하지만, 문제가 하나 있었다.

신분증의 사진. 내 사진이 아니니 엄마의 신분증을 들고 가봤자 소용이 없을 터였다.

부실표시

::
법률상 한 사람이 다른 사람에게 사실과 어긋나게 말이나 행동을 하는 것
::

  나한테 시간이 좀 더 있었더라면, 훨씬 그럴듯한 해결책을 찾아낼 수도 있었을지 모른다. 분명 그랬을 거다. 엄마의 치마를 입고 있는 순간에도 온갖 생각들이 머릿속을 맴돌았으니까. 엄마의 법대 동창생인 지니 리처드슨에게 전화한다거나, 엄마에게 흑심을 품었던 크레이그란 남자를 수소문해볼 수도 있었다. 젠장, 변호사라면 누구든 나한테 금반언의 뜻을 알려줄 수 있을 텐데.
  하지만, 난 물어볼 처지가 아니었다. 변호사를 찾아다니느라 시간을 허비할 수는 없었다. 쓸데없는 의심을 살 필요도 없었고. 어쨌든 그런 계획은 잊기로 했다.
  다시 엄마의 옷장을 뒤적거리다가 치마와 어울릴 만한 팬티스타킹을 발견했다. 그걸 신고 어깨에 볼륨업 브라를 걸쳐보았지만, 여전히 여장치고는 한참 어설퍼 보였다.

나는 가장 굽이 높은 부츠를 신고(키가 커 보이기를 바라면서) 손가락엔 열댓 개나 되는 반지를 끼고 얼굴에 붕대를 칭칭 감기 시작했다. 눈만 빼고 얼굴이 완전히 가려지도록 말이다. 그야말로 되살아난 미라가 따로 없었다. 이런 내 모습에 절로 실소가 터져나왔다. 만약 누군가 물어보면, 끔찍한 교통사고를 당했다고 말할 참이었다.

아니, 아니지. "성형수술을 심하게 했거든요"라고 말하는 게 낫겠다.

나는 엄마의 외투를 걸치고 집을 나섰다.

그랬다가 다시 집으로 돌아왔다.

엄마는 파란 눈이잖아. 난 갈색 눈이고.

혹시 누가 눈치를 채면 어쩌나? 안절부절못했지만, 그런 사소한 것 때문에 온통 감은 붕대를 풀기는 싫었다. 얼굴에 선글라스를 낀 다음 나는 다시 집을 나섰다.

수위인 브래들리 씨가 법대 도서관에서 신분증을 확인하고 있었다. 선글라스를 끼고 오길 잘했다. 저 아저씬 엄마가 갈색 눈이 아니란 걸 단번에 알아챘을 거다.

브래들리 씨는 얼굴에 온통 붕대를 감은 엄마를 알아보고는 깜짝 놀란 표정을 지었다.

"오, 세상에! 무슨 일이 생긴 거야?"

"별일 아니에요."

나는 출입자 기록부에 이름을 휘갈겨 썼다.

"성형수술을 좀 했어요."

"성형수술이라니! 도대체 왜 그런 수술을 한 거야?"

그는 내가 다리를 절단하는 중대 수술이라도 한 것처럼 나를 뚫어져라 살펴보았다.

"그렇게 예쁜 얼굴을 갖고 있으면서!"

나는 수줍은 듯 손을 내저었다.

그는 고개를 절레절레 흔들면서 말했다.

"붕대 풀면 다시 와요. 그럼 더 나아졌는지 아닌지 이 노인네가 봐줄 테니까."

나는 고개를 끄덕였고, 그는 나를 들여보내줬다.

나는 곧장 법률용어사전이 있는 서가로 향했다. 어느 누구도 나를 두 번씩 쳐다보는 사람은 없었다. 모두들 예의를 갖춘 사람들이었다.

금반언(estoppel): 원래는 '배제, 방지'의 의미; 특정한 사실의 주장 또는 확인 이후 어떠한 행위로 인해 권리를 침해받는 당사자의 손해는 원칙적으로……

내가 찾고 있는 의미가 아니었다. 변호사들은 '금반언'이란 말을 우리가 '아무개'라고 쓰듯 사용한다. 그건 어떤 의미로든 적용

할 수 있다는 뜻이다. 나는 다시 사전을 찾기 시작했다.

날인증서에 의한 금반언: 증서에 날인을 함으로써 확인된 사실에 발생하는 금반언. 이 원칙은 단순히…….

이것도 아니다.

기록에 의한 금반언. 이것도 아니고.

약속에 의한 금반언. 도대체 이건 무슨 말이야.

공시행위에 의한 금반언. 휴…….

공시행위에 의한 금반언: 행위에 의한 금반언이라고도 함. 일반적으로 사용되는 금반언의 의미-당사자의 행위가 타인으로 하여금 어떤 사실을 확실하다고 믿게 하고 그에 따라 행동하면, 당사자는 그러한 사실을 부인하는 행위를 할 수 없다.

바로 이거야. 뭔가 좀 기억이 난다. 예전에 엄마가 시험 준비한다고 이런 걸 외우느라 고생한 적이 있었다. 이런 내용이었다. 어떤 사람이 집을 지었다. 그런데 집의 일부분이 이웃집 영역을 침범하고 있었다. 이웃은 그 집이 자기 땅을 침범했다는 사실을 알고 있었지만, 집이 다 지어질 때까지 아무 말도 하지 않았다. 그래놓고는 집을 옮기라는 소송을 법원에 걸었다. 그러나 판사는 이웃의 편을 들어주지 않았다. 판사 왈, "원고는 피고가 원고의 땅 위에 집을 짓고 있다는 사실을 알고 있었습니다. 이제 와서 피고가 집을 옮기는 것은 엄청난 비용이 예상되기 때문에, 원고는 피고가 집을 완전히 짓기 이전에 어떤 조치를 취했어야 마땅합니다."

순전히 형평의 원칙에 입각한 것이다.(좀 유식한 사람들이 사용하는 법률용어로는 그렇다. 쉽게 말해서, 공평해야 한다는 뜻이다.) 가엾은 사람더러 눈물을 머금고 집을 철거하게 하는 건 공평하지 않은 일이지. 그렇다고 이웃집 땅을 새집 주인에게 주는 것도 말이 안 되고 말이야.

그렇기 때문에 판사는 '형평의 원칙'을 적용한 거다. 공평한 방법을 찾기 위해 온갖 법을 뒤졌을 테지.

판사는 그 재산에 대해 '금반언'의 원칙을 적용했다. 무슨 말이냐면, 새집 주인은 집을 옮기지 않아도 되지만, 만약 어떤 일이 생기면(예를 들어, 불이 나거나 해서 집이 모두 타버렸다면) 이웃집 주인은 자기가 원하는 대로 땅을 돌려받을 수 있다.

나는 사전을 탁 덮으면서 외쳤다. "빙고!"

메이슨홀이 불에 타버리면 누군가가 혜택을 받을 수 있는 거다. 그로 인해 땅을 돌려받을 수 있는 사람이 있는 거다. 하지만 그게 누굴까?

그리고 바이런은 무슨 연관이 있는 거지?

나는 집으로 돌아오는 버스 안에서 내내 그 질문을 곱씹었다. 내 귀에 퀴즈쇼의 주제가가 들리는 것만 같았다.

다-디 다 다. 다-디-다. 다-디 다 다. 다-디……

제한시간을 알리는 부저 소리가 들리기 직전, 나는 대답했다.

"아… '노숙자들'은 과연 누구일까요?"

내가 추측해낸 대답은 이거였다. 바이런과 텅 빈 메이슨홀을 몰래 들락거리다 사망한 그의 친구 같은 노숙자들. 바이런은 어쩌면 거기서 미처 생각도 못 한 걸 봤을지도 모른다.

아니면 누군가 바이런에게 메이슨홀에 불을 지르라고 사주했을지도 모른다. 인류를 위해 훌륭한 일을 하는 거라고 꼬드겨서 말이지.

혹은 다른 사람이 저지른 방화죄를 바이런이 뒤집어쓰고 있는 건지도 모른다.

모든 상황이 착착 들어맞는 것 같았다.

버스에서 내린 나는 치마를 벗어 발로 차면서 집으로 갔다. 사람들이 나를 이상하다는 듯 바라보았다. 어떤 남자는 내 팔을 잡더니 이렇게 말했다. "얘야, 괜찮니? 내가 도와줄까?" 나는 그의 팔을 뿌리치고 계속 달렸다. 그래야만 했다. 점심으로 먹으려고 전자레인지에 칠면조 요리를 넣어놓은 게 막 생각났기 때문이다.

용의자

::
범죄의 혐의가 있어서 수사기관의 수사 대상이 되었으나,
아직 공소 제기가 되지 않은 사람
::

집에 도착해서 보니, 칠면조 요리의 꼴이 말이 아니었다. 하지만 나는 개의치 않았다. 벌써 2시 30분이 되었고, 배가 고파 미칠 지경이었으니까. 나는 차갑게 식어 오도독 씹히는 칠면조 고기를 정신없이 먹어치우기 시작했다.

포만감이 느껴졌다. 정말 살 것 같았다. 다시 어린애가 된 것만 같았다. 머릿속엔 온통 이런 생각뿐이었다. "으음… 맛있다. 맛있어. 와… 음… 더, 더, 더 먹고 싶어!"

기쁨은 오래가지 않았다. 일단 허기가 채워지자, 머릿속이 다시 복잡해졌다. 나는 떠오르는 모든 생각들을 가지고 곰곰이 따져보기 시작했다. 소화시키기엔 너무 많았다(생각들 말이다, 칠면조 고기가 아니라).

이민자 지원센터에서 찍은 엄마의 사진 등 식탁 위에 어질러져

있는 것들을 아무 생각 없이 만지작거리다가 사진의 뒷면에서 뭔가를 발견했다. 전에 보지 못했던 글자가 쓰여 있었다.

왼쪽에서 오른쪽으로: 아툴라 바르마—바르마 법률사무소, 로버트 치슬링—이민자 지원센터 명예회장/워터프런트 건설회사 대표, 엔디 매킨타이어—바르마 법률사무소.

흠, 엄마의 이름을 '엔디'로 잘못 썼군. 엄마가 이 사실을 알면 난리가 날 텐데. 멍하니 육즙 소스 속에서 콩을 집어 먹고 있을 때(콩까지 집어먹을 만큼 배고프진 않았지만), 그 이름들과 관련해 뭔가 떠오르는 게 있었다. 나는 다시 사진을 집어 들었다. '워터프런트'. 이런 우연이 있을까. 엄마는 부둣가(waterfront. 치슬링의 회사 이름과 철자가 같다:옮긴이)에서 자주 약속을 잡았고, 로버트 치슬링은 워터프런트 건설회사의 대표다.

로버트 치슬링.

밥(로버트의 애칭:옮긴이) 치슬링.

B.C.

BC-Wtrfrnt.

그 순간 포크를 떨어뜨리고는 엄마의 다이어리를 정신없이 넘겼다. 왜 이 생각을 진작 하지 못했을까? 나는 엄마가 B.C.를 만난 시간들을 확인했다. 오후 3시 45분, 오후 4시, 4시 50분……

만약 엄마가 바이런을 만났다면, 난 그 사실을 알게 되었을 거다. 내가 집에 있을 시간이고, 바이런은 집에 없었을 테니까.

B.C.는 바이런이 아니었다.

그 사실에 안도가 되었지만, 또 다른 짐을 진 듯한 느낌이 들었다. 부둣가에서 엄마가 바이런을 만났다는 건 그때까지만 해도 내가 알고 있는 유일한 '기정사실'이었다. 그 밖에 다른 것들은 내가 만들어낸 추측들일 뿐이었다. 그 추측이 다른 추측을 낳고, 또 다른 추측을 낳고…….

또 한 번 모든 걸 집어치우고 싶은 생각이 들었다. 하지만 식탁을 한번 걷어차고, 콩 몇 개를 창문에 튕겨 날려버리고는 다시 정신을 차렸다. 나는 스스로에게 이렇게 말했다.

"좋아. 만약 B.C.가 밥 치슬링이라면 어떻게 되는 거지? 어디서 봤더라?"

나는 엄마가 사라진 날짜의 페이지를 펼쳤다. 엄마는 그날 3시에 B.C.를 만나기로 되어 있었다. 약속대로 만났을 수도 있고…… 어쩌면 그 사람이 바로 엄마가 바람맞혔다고 아툴라가 투덜거렸던 그녀의 '아주 중요한 친구'일 수도 있다. '아주 중요한 친구'라…… 치슬링은 건설회사 사장이니까 말이 되는군.

나는 건설회사라는 단어에 생각을 집중했다. 치슬링이란 사람은 건설 사업을 어디서 벌이고 있을까? 혹시 메이슨홀 근처는 아닐까?

이제 인터넷을 뒤져야 할 때가 됐다. 나는 초코우유를 한 모금 꿀꺽 마시고 도서관에 갈 준비를 끝냈다. 법대 도서관이 아니라 일반 도서관 말이다. 브래들리 씨와 다시 마주친다는 건 생각만 해도 싫었다.

엄마의 옷을 찢듯이 벗어 던지고 서둘러 내 옷으로 갈아입었다. 팬티스타킹을 벗어 던지니 정말 기뻤다. 스타킹은 사타구니 쪽이 늘어져 있었다.

나는 집 열쇠를 챙긴 뒤 집을 나섰다.

관할구역제

::
특정한 구역에 한해 적용되는 단속, 행정, 관리를 위한 규정
::

밥 치슬링은 낯을 가리는 부류는 아닌 게 분명했다. 구글에서 그의 이름을 검색해 보니 300여 개나 되는 검색 결과가 나왔다. 그는 웬만한 자선단체에는 모두 몸을 담고 있었다. 특히 질병에 관심이 깊은 듯했다. 암, 다발성 경화증, 과민성 대장증후군…… 나중에는 여드름 발병 방지협회나 만성완선 긁기 전국대회를 위해 기금을 마련하는 그의 모습을 보고도 그리 놀랍지 않았다.

내 열세 번째 생일이었던 8월 20일, 치슬링은 서스캐처원 주(州)의 무스조에 있었다. 구취 연구를 후원하는 명사(名士) 자전거 경주대회에서 그가 1위로 골인하는 모습이 사진에 담겨 있었다.(구취: 즉, 나쁜 입냄새. 물론 연구할 필요가 있다. 그렇지만 이 사람들은 구취 제거제가 있다는 것도 모르나?)

치슬링은 이민자들과 관련된 일에도 깊숙이 관여하고 있었는

데, 그거야 이미 알고 있는 사실이었다. 《스트리트 피플 데일리》에 실린 한 기사는 그가 수년 동안 이민자 지원센터와 이민자들을 후원하느라 사용한 돈에 대한 얘기를 늘어놓았다. 또한 그의 어머니가 쿠바혁명 이후 어떻게 난민이 되었는지, 새로운 나라에서 얼마나 힘든 삶을 시작해야 했는지에 관한 눈물겨운 사연도 소개했다.

얼핏 보면, 밥 치슬링이란 사람은 건물에 방화나 하고 도망가는 범죄자 성향의 인물은 아닌 듯했다.

그는 사업에서도 흠잡을 데 없이 고상한 일을 하는 것처럼 보였다. 내가 알고 있는 것처럼 말이다. 신문에서 그가 아파트나 콘도를 짓는 사업을 한다는 기사를 읽었을 때 나는 감동 같은 걸 받았다. 비록 우리 집 근처에 짓는 건 아닐지라도. 그는 시내 또는 바다 위에다 건물을 지었다. 부자들이 살기 좋은 장소다. 그는 심지어 세인트 마거릿 만(灣)에 있는 낡은 요트 클럽을 사들인 뒤 그걸 콘도에 포함시키려 하고 있었다. '버치헤드 주택단지'의 선포식을 기념하는 성대한 파티를 취재한 기사를 보면, 그가 한 마디 한 마디 할 때마다 흥분을 감추지 못했던 것처럼 들린다.

"일찍이 세인트 마거릿 만에는 버치헤드 같은 주택단지가 들어선 적이 없습니다!" 박애주의자로 그리고 택지 개발업자로 익히 알려진 로버트 치슬링이 환호를 하듯 말했다. "격조 높은 건설, 호화스러운 주변 경관, 그리고 전 세계 어디에 내놓아도 빠지지 않는 최고의 전망은 이 지역을 캐나다 동부에서 최고로 선망되는 곳으로 만들 것입니다!"

하지만, 치슬링은 그 다음 기사에서는 그다지 행복해 보이지 않았다. 버치헤드 지역 주민들이 그를 법정으로 몰고 간 것이다. 법적으로, 그는 휴양지에 주택 건설 허가를 받지 못했던 것 같다. 그는 법원에 그 지역의 용도 변경을 신청했지만, 지역 주민들은 동의해주지 않았다. 법원은 건설 중지를 명령했다. 치슬링이 실린 커다란 사진을 보면, 그의 생일 파티를 축하해주러 온 친구들은 아무도 없는 것처럼 보인다.

"물론 법률적인 장애물에 직면하게 되어 매우 실망스럽습니다." 그림 같은 해안가 부지에 300만 달러를 투자한 것으로 알려진 43세의 전직 바텐더는 이렇게 말했다. "하지만 저는 무엇보다 세인트 마거릿 만이 경제에 끼칠 엄청난 영향을 염두에 두고 있습니다. 버치헤드 주택단지는 경제 불모지인 이곳에서 수백 명에게 새 일자리를 제공하게 될 것입니다. 만약 이 프로젝트가 진행되지 않는다면, 그 사람들이 어디서 일자리를 찾아야 할지는 저도 알 수 없습니다."

하지만 가장 내 눈길을 끌었던 건 '워터프런트 건설, 핼리버튼 빌딩 매수'라는 제목의 기사였다. 기사는 다소 과장된 어조로 이렇게 말하고 있었다.

워터프런트 건설 대표, 로버트 치슬링은 핼리버튼 빌딩을 260만 달러에 매수했다고 발표했다. 시내의 상업 중심지인 프린스 거리에 위치한 이 빌딩은 호화 콘도로 탈바꿈할 예정이다. 내년 6월경 완공 예정이다.

프린스 거리는 배링턴 거리와 바로 인접해 있다. 그리고 메이슨 홀은 바로 배링턴 거리에 위치해 있다.
　내 말이 무슨 뜻인지 알겠어?
　내가 지금 무슨 말을 하려 하는지 알겠어?
　내 생각이지만, 어쩌면 메이슨홀은 핼리버튼 빌딩과 바로 맞닿아 있을지도 모른다…… 즉, 조사를 해볼 필요가 있다는 얘기지.
　'시청 공지사항'을 열람하자, 머릿속에 어떤 확실한 생각이 떠올랐다.

워터프런트 건설, 공사 중지

핼리버튼 빌딩에 대한 관할구역제 수정 요청이 어젯밤 부결되었다. 건설회사 측이 지상 5층 주거시설에 걸맞은 충분한 주차구역을 확보하지 못했다는 이유에서다. 수백만 달러의 자금이 소요된 건설 계획이 중지됨에 따라, 워터프런트 건설 대표, 로버트 치슬링은 이렇게 말했다. "물론 법률적인 장애물에 직면하게 되어 매우 실망스럽습니다……."

그러니 이 사람은 분명 다른 방법이 필요했을 거다.

나는 자금에 관한 건 하나도 모른다. 나한테는 고작 87달러가 전 재산이니까. 밥 치슬링은 속옷 한 벌 사는 데도 그보다 많은 돈을 쓰겠지. 하지만 1년 사이에 두 개의 건설 계획이 중단됨으로써, 그에게도 상당한 타격이 있었을 거라는 생각이 들었다. 땅도 매입해야 하고, 융자금도 갚아야 했을 테니까(모두 부동산 법률 시간에 배운 것들이다). 콘도를 지어 팔지 못한다면 어떻게 융자금을 갚을 수 있겠어? 심지어 짓지도 못하게 한다면?

나는 도서관에서 나와 스프링가든 로드를 지나 배링턴 거리로 향했다.

메이슨홀이 있던 자리 주변에는 목재로 된 커다란 담장이 둘러쳐져 있었다. 정말 씁쓸했다. 온갖 멋진 장식들로 치장된 끝내주는 건물이었는데, 옛날 사람들은 확실히 멋이란 걸 알고 있었다.

나는 모퉁이를 돌아 프린스 거리 쪽으로 갔다. 메이슨홀 부지 바로 뒤쪽에 커다란 간판이 보였다.

"핼리버튼 플레이스, 내년 10월 오픈 예정! 워터프런트 건설에서 또 하나의 고품격 공간을 선보입니다."

내 기분이 어땠을 것 같아? 그야, 밥 치슬링이 느닷없이 주차장 부지를 찾아낸 것처럼 보였지.

무단침입

::
타인의 사유지를 허락 없이 침범해 들어가는 행위
::

무엇을 확인하고 싶었는지는 잘 모르겠지만, 아무튼 나는 그 커다란 목재 담장 뒤로 몰래 들어가 주위를 둘러보았다. 핼리버튼 빌딩은 텅 비어 있었고, 메이슨홀이 있던 자리는 거대한 검은 구덩이일 뿐이었다. 주변에 아무도 얼씬거리지 않았기 때문에(모두 퇴근해서일 거라고 생각했다) 나는 잿더미를 발로 휘저으며, 그게 뭔지 모르겠지만, 아무튼 무엇이든 수상쩍은 것을 찾으려고 노력했다.

하지만 방화 사건은 전문가들조차 가장 해결하기 힘든 일이다.(생각을 해보시지. 증거가 말 그대로 연기 속에서 모두 사라져버리잖아.) 정말로 내가 이 사건을 해결할 것처럼 믿은 건 아니겠지? 차라리 모래밭에서 바늘 찾기를 바라는 게 낫지.

막 떠나려는데, 핼리버튼 빌딩에서 안전모를 쓴 남자가 밖으로 나오며 소리를 지르기 시작했다.

"이봐, 너! 이 녀석! 여기서 뭐 하는 거야? 눈이 삐었어? 출입금지 표시 안 보여? 던져버리기 전에 썩 나가지 못해!"

그가 내 쪽을 향해 걸어오는 품을 보니 진짜로 나를 집어 던질 기세였다. 내가 담장 틈으로 빠져나가려 하고 있을 때, 다른 사람의 목소리가 그의 소리를 잠재웠다.

"진정해, 대니. 그만 하라니까. 꼬마잖아."

고개를 돌려 보니 밥 치슬링이 나를 향해 웃고 있었다. 나는 그가 치슬링임을 단박에 알아차릴 수 있었다. 그는 사진에서 본 것보다 훨씬 키가 컸지만, 양복에 넥타이를 맨 말쑥한 차림 그대로였다.

그는 늘 자신이 주목받아야, 최소한 자신이 부자임을 드러내야 직성이 풀리는 사람들 중 하나였다. 이렇게 돌덩이가 가득한 공사 현장에서조차.

"그렇지만 맞는 말이란다, 꼬마 친구."

그가 말했다.

"넌 여긴 들어오면 안 돼. 건축 현장은 위험한 곳이거든."

"아, 죄송합니다. 전 그저, 음, 담장 뒤에 뭐가 있는지 궁금해서요."

맞는 말이지. 얼마나 더 솔직하게 말할까.

치슬링은 껄껄 웃더니 자기 안전모를 건넸다.

"나도 어렸을 적엔 꼭 너처럼 그랬지! 이거 받아! 이걸 머리에 쓰면 내가 구경을 시켜주지."

대니란 남자는 눈살을 찌푸리며 머리를 내저었다. 필시 그 남자는 건축 현장에 나타난 꼬마의 호기심을 북돋아주는 것에 동의하지 못하는 눈치였다.

치슬링은 내게 설계도와 핼리버튼 빌딩이 어떻게 해체되고 다시 지어지는지를 보여주었다. 그는 고맙게도 나를 5층으로 안내해주기까지 했다. 그래서 '최고로 비싼 방'에서 항구의 전경을 감상할 수 있었다.

"전망이 정말 아름답네요……."

"고맙구나."

"메이슨홀이 불에 타버리고 없으니 더 그런 것 같네요."

내 말에 그의 눈꺼풀이 실룩거렸지만, 그는 아무렇지도 않은 듯 행동했다. 그는 고급 양복에 묻은 얼룩을 닦아내며, 어떤 말을 해야 할지 생각하고 있었다.

그가 마침내 말을 꺼냈다.

"정말 슬픈 일이지."

그는 정말로 상심이 큰 것처럼 고개를 젓고 나서, 손뼉을 치며 말했다.

"널 만나서 반갑긴 하다만, 미안하지만 꼬마 친구, 이제 그만 가봐야겠구나."

나는 구경을 시켜줘서 얼마나 기쁜지 모르겠다며 과장되게 감사치레를 했다.

다시 현관 쪽으로 내려왔을 때, 그가 말했다.

"네가 좀 더 큰 다음에 이 아저씨를 찾아오면 이 바닥에서 네 일자리를 알아봐주마. 넌 건축에 상당히 관심이 많아 보이는구나."

"와, 정말 고맙습니다. 그렇지만, 전 아저씨 이름도 모르는데요."

어찌나 상냥하게 말했던지, 속으로 구역질이 날 것만 같았다.

"이런, 내가 이렇게 정신이 없다니까! 아저씨 이름은 밥 치슬링이다."

나는 커다란 곰발바닥 같은 그의 손을 잡고 흔들면서, 깜짝 놀랐다는 듯 천연덕스레 물었다.

"밥 치슬링이라고요? 아저씨 이름이 밥 치슬링이었어요? 그럼 제 친구를 아시겠네요!"

"오, 그래? 그게 누구지?"

"앤디 매킨타이어."

졸업사진을 찍어본 사람이면 누구나 알 테지만, 왜 있잖아, 눈은 반쯤 뜬 채 입꼬리는 잔뜩 올라간 모습이랄까? 치슬링의 모습이 딱 그랬다. 그의 얼굴은 어색함으로 잔뜩 굳어 있었다. 마치 전기 충격이라도 받은 듯 꼼짝 못하는 모습이라니.

마침내 그는 마취에서 깨어난 듯 몸을 흔들었다. 그는 심호흡을 한 번 하고 머리카락을 쓰다듬더니, 하늘을 올려다보며 정말 어려운 문제를 생각하는 척했다.

"앤디 매킨타이어? 애, 앤디… 매킨타이어라고?"

그가 잠시 멈췄다가 이어 말했다.

"아니, 모르겠다. 미안하구나. 그녀가 누군지 모르겠는걸."

범의

::
범죄 행위임을 알면서도 그 행위를 하려는 의사
::

세상사란 보이는 것만큼 항상 심각하지는 않은 법이다. 나는 그렇게 믿어왔고, 여태껏 살면서 대부분 그건 사실이었다. 어쨌든 내 침대 밑에 악어 따위는 없었으니까. 우리 선생님은 학생들을 꼼짝 못하게 구속하지도 않았고, 자기 책상 서랍에 가둬놓으려 하지도 않았다. 내가 댄스파티에 가더라도 아무도 비웃지 않았다. 그리고 엄마와 난 거리에 버려진 적도 없었다.

살다 보면 좋은 일도 생기게 마련이다.

뜻밖의 선물이 배달되고, 엄마가 안정된 직장을 구하고, 누군가 우리에게 공짜 피자 쿠폰을 주기도 했다. 인생은 내가 생각하는 것만큼 구리진 않았다. 오히려 전보다 손톱만큼이라도 나아지면 나아졌지. 우리가 가진 전 재산이 마루에 놓인 침대 매트리스와 탁자 하나, 그리고 파마산치즈 냄새가 폴폴 나는 의자 하나뿐이던 때도 있었으니까. 지금 우리 집엔 침대 매트리스 두 개와 화장대 두 개, 소파 하나, 전등, 식탁 의자들, 그리고 제대로 잘 나올 때가 훨씬 많은 TV 한 대가 있다. 이 상태로만 죽 간다면, 조만간 케이블방송을 설치해 볼 날이 올 거라고 난 믿고 있다.

그러던 중에 이런 일이 생겼다.

온갖 일들(바이런이 나타난 뒤 엄마가 사라진 일, 아툴라가 엄마를 해고한 일 등등)로 혼란스런 가운데서도 내 머릿속에선 이렇게 말하고 있었다.

"아무 일도 없을 거야. 모두 다 잘될 거야."

하지만, 그렇지 않았다. 나쁘다 못해 최악으로 치달아, 정말 정말 무서웠다.

이 일이 바로 그랬다. 정말 정말 무서웠다.

밥 치슬링과 헤어진 후, 나는 집으로 향했다. 어느덧 저녁 7시가 되어 어둠이 깔리고 있었고, 나는 로켓이 발사되기 직전처럼 몸을 덜덜 떨고 있었다. 혹은 폭탄이 막 터지기 직전처럼. 그만큼 두려웠다.

누군가 고의로 메이슨홀을 불태울 만한 동기를 찾아냈다. 바로 주차장을 만들 공간 확보. 그리고 그런 동기를 가진 사람이 누구인지도 알아냈다. 바로 밥 치슬링. 그가 엄마를 안다는 사실을 나는 알고 있었다. 내겐 둘이 함께 찍은 사진이 있으니까. 어쩌면 그가 엄마를 기억하지 못하는 걸지도 모른다는 생각도 들었다. 치슬링처럼 여기저기 다니며 사람들의 마음을 선동하는 자라면 온갖 사람들을 다 만나고 다닐 테니까. 하지만 정말 그렇다면, "'그'가 누군지 모르겠는걸" 하고 말하지 않았을까?

치슬링은 말했다. "'그녀'가 누군지 모르겠는걸."

만약 어떤 사람이 당신에게 누구인지 모르는 앤디라는 이름을 언급했다면, 당연히 남자라고 생각하지 않을까? 엄마의 이름만 아니라면, 나라도 그럴 거다.

밥 치슬링은 분명 엄마를 알고 있다. 게다가 엄마가 어디에 있는지도.

내 추측이 맞고 치슬링이 고작 자동차 주차장을 만들기 위해 건물을 불태우고도 남을 사람이라면, 대체 엄마에겐 무슨 짓을 할까?

아니, 이미 엄마에게 어떤 짓을 저질렀을까?

나는 치슬링이 무슨 짓을 했을지 머릿속으로…… 아니, 내가 어떤 상상을 했는지 말하고 싶지 않다. 그런 상상을 하는 것조차 싫다. 그런 상상을 하니 이빨이 덜덜 떨리고 눈이 모스부호로 메시지를 보내는 것처럼 마구 깜박거렸다.

일단 앉자. 아무 일도 없는 것처럼 보여야 해(나 같은 사람에겐 그게 말처럼 쉬운 일은 아니다).

길가 커피숍에 커다란 창턱이 있었다. 나는 그 창턱에 걸터앉았다. 그냥 버스를 기다리고 있는 것처럼.

나는 크게 숨을 들이쉬었다가 내쉬었다.

크게 들이쉬고 내쉬고.

들이쉬고……

내쉬고.

두 눈을 감은 채 떨리는 몸이 진정될 때까지 길게, 천천히 숨을 쉬었다. 그렇게 한참 동안 계속하다 보니, 차츰 꿈을 꾸듯 몽롱하게 좋은 생각이 들기 시작했다. 이내 기분이 훨씬 나아졌다. 절로 미소가 지어졌다. 웃지 않을 수 없었다. 나는 감았던 눈을 떴다. 그러고는 자리에서 일어나 깡충깡충 뛰듯이 집으로 향했다.

나한테 든 생각은 바로 이거였다. 그렇게까지 추리해 맞힐 정도로 난 영리하지 않아.

소송

::
특정인을 상대로 민사소송법상의 절차를 취하는 것.
특정인을 법원으로 불러들이는 행위
::

누가 내 말을 믿겠어? 난 겨우 열세 살인데. 정말 내가 경찰보다 더 똑똑하다고 생각하는 거야? 금반언이 어떤 뜻인지 아는 사람이 나밖에 없다는 이유로?

분명히, 난 실수를 했다. 분명히, 치슬링은 무죄다. 그는 건물에 불을 지르지 않았고, 따라서 엄마 역시 그에게 납치된 게 아니다. 그에겐 그렇게 할 이유가 없다. 엄마는 자동응답기에 남긴 메시지처럼 저녁 약속 때문에 좀 늦는 것뿐이다. 그래, 저녁을 먹느라고 늦는 거야.

차라리 내가 바보였으면 좋겠다. 한 10분 정도라면 말이지.

집까지 한두 블록 정도 남았을 때 치슬링의 얼굴이 떠올랐다. 편안하던 기분이 싹 달아났다. 죄 없는 사람의 눈빛이 그렇게 미치광이처럼 보일 리는 없었다.

치슬링은 방화와 엄마 실종 사건의 배후에 있다. 분명하다. 그
저 그 사람 때문에 내 기분이 별로인 건 아니다. 금반언, 주차장
문제, 미친개의 눈빛. 모든 것이 연관이 있었다.
그렇다면 경찰은 왜 그를 쫓지 않는 거지?
나는 음료수 캔을 발로 툭툭 차면서 온갖 가능성에 대해 생각
하기 시작했다.
경찰은 금반언이 뭔지 모를지도 몰라. 백 년 전에나 있었던 일
이니까. 어쩌면 아무도 소유권 확인 같은 걸 해볼 생각을 못 했
는지도 몰라.
하지만 문화유산 보호단체는 그 사실을 알고 있을 거다. 메이
슨홀을 사들인 건 바로 그 사람들이니까, 당연히 소유권 확인을
해봤을 텐데. 아마 누군가는 그 사실을 경찰에 알려줬을지도 모
른다. 바로 그게 빌딩에 불을 지를 만한 확실한 동기가 될 수 있
으니까.
혹 그게 아니라면, 경찰이 이것저것 따질 필요 없이 바이런에
대해 확실한 증거들을 많이 확보하고 있기 때문인지도 모르지.
그날 밤 바이런이 메이슨홀에 가는 걸 봤다고 많은 사람들이 증
언했다. 경찰은 현장에서 바이런의 지문도 발견했다. 그는 화재
직후 사라져버렸고, 게다가 전과자잖아. 내가 그를 모른다면 나
역시 그가 불을 질렀다고 생각했을 거다.

하지만, 또 다른 가능성이 남아 있었다. 내가 가장 그럴듯한 추측이라고 생각하는.

경찰은 이것저것 종합해서 내가 내린 것과 똑같은 결론을 내렸을지도 모른다. 치슬링이 방화를 저질렀다고 말이지.

좋다, 그렇다면 왜 경찰은 그를 체포하지 않았을까? 나는 음료수 캔을 마치 야구공이라도 되는 것처럼 약국 옆 벽에 던지며 골똘히 생각에 빠져들었다. 방화 사건에 대해 내가 알고 있는 사실이 뭐지?

그곳은 보호를 받고 있는 문화유산인데.

음료수 캔이 경쾌하게 피융 하는 소리를 내며 알루미늄으로 된 외벽을 쳤다.

노숙자들이 그곳을 드나들었다.

피융.

그중 한 사람이 목숨을 잃었다.

피융.

8월 20일에.

피융.

피융.

피융.

그날은 정말 대단한 날이었다. 메이슨홀은 불에 타 없어졌고,

난 열세 살이 되었고……. 하지만, 그것 말고도 뭔가 다른 일이 벌어졌다. 그게 뭘까?

내 작은 뇌가 계속해서 근질거렸다. 마치 가려움증이라도 있는 듯이. 정말로 중요한 것을 기억해낼 수 없었다. 그날 일어난 중요한 일을…….

음료수 캔을 계속 던지며 기억을 떠올리려 애썼다.

대체 내 생일에 무슨 일이 있었던 거지?

아무것도 기억나지 않았다. 평소와 다른 게 전혀 없었다. 평소대로 공부하고, 빅맥 햄버거를 먹고, 스크래블 게임도 한 판 하고.

아직도 머릿속이 근질거렸다. 분명 뭔가 다른 일이 있었단 말이야.

나는 투수처럼 와인드업을 하고 힘껏 음료수 캔을 던졌다. 캔은 약국 창문에 부딪힌 뒤 길가로 튕겨져 나왔다.

약국 주인이 창문에 입김 자국을 내며 고함을 질렀기 때문인지, 아니면 벽에 걸린 구강청결제 광고 때문인지 모르겠지만, 갑자기 어떤 기억이 떠올랐다.

입냄새.

자전거 경주대회.

내 생일날, 치슬링은 구취 연구를 후원하는 명사 자전거 경주대회에서 우승했다!

바로 서스캐처원 주 무스조에서.

바로 그거다!

치슬링은 화재가 발생하던 날, 수백 킬로미터 떨어진 곳에 있었다. 그는 방화를 저지르지 않았다. 그렇게 하고 싶어도 할 수 없었다는 뜻이다.

여러분은 그 사실에 내 기분이 좋아졌을 거라고 생각하겠지만, 그렇진 않았다. 다시 한 번 롤러코스터에 올라탄 거나 마찬가지라고나 할까.

그는 범인이 아니다. 난 사진에 찍힌 그를 분명 보았다.

그는 범인이다. 그의 얼굴에서 난 그걸 느꼈다.

그는 방화를 저지르지 않았다.

그는 방화를 저질렀다.

안 했다.

했다.

나는 이리저리 계속 왔다 갔다 했다. 치슬링이 범인이다—그에겐 명백한 동기가 있다. 치슬링은 범인이 아니다—그에겐 완벽한 알리바이가 있다.

어쨌든 지금은 경찰이 왜 그를 체포하지 않는지 알 것 같았다. 설령 그들 생각에 치슬링과 방화 사이에 어떤 관련이 있다 하더라도, 그걸 입증하려면 증거가 필요하다. 확실한 증거. 물증.

목격자. '합리적이고 개연성 있는 이유'. 그게 없으면 경찰도 어쩔 도리가 없다. 심증만으로 체포했다가는 도리어 그한테 된통 당할 수도 있다.

그런 면에서 오히려 내가 경찰보다 낫다는 생각이 들었다. 나한테 증거 따위는 필요 없다. 난 그저 엄마를 찾고 싶을 뿐이니까.

범인은닉죄

::
벌금 이상의 형에 해당하는 죄를 범한 자를 은닉 또는
도피하게 함으로써 성립하는 범죄
::

나는 엄마 열쇠로 문을 열고 집으로 들어갔다. 내 머리와 굶주린 배가 옥신각신 싸우는 소리를 더 이상 듣고 싶지 않아서 TV의 볼륨을 크게 틀었다. 하지만 가만히 앉아만 있을 수 없었다. 나는 벽을 뚫어져라 응시하며 머릿속으로 사건을 짜 맞추어 나갔다. 방화범의 꿍꿍이속이 무엇인지, 왜 그랬는지에 대해. 일련의 단서들을 하나로 짜 맞추는 데 오랜 시간이 걸리긴 했지만, 내가 내린 결론은 바로 이거였다.

바이런은 8월 20일 밤 메이슨홀에 있었고 빌딩이 불에 타는 걸 보았다. 그는 무언가를 목격한 게 틀림없다. 어쩌면 누군가 불을 지르는 걸 목격했을 수도 있다. 하지만 그는 전과자이며, 사유재산에 무단침입을 한 상태였다. 과연 누가 그의 말을 믿어줄까? 그는 경찰이 방화의 책임을 자신에게 뒤집어씌울지 모른다고 생각했을 수도 있다.

 내 생각에, 그는 그때 이미 엄마에 대해 알고 있었다(이민자 지원 센터를 통해서). 자원봉사 활동가인 그는 그곳에서 엄마를 봤을 수도 있고, 혹은 엄마에 대한 얘기를 듣고 어릴 적 꽥꽥이란 별명으로 불렸던 그녀가 커서 잘나가는 변호사(하하!)가 되었다는 걸 알았을 수도 있다. 그는 그에 관해 이렇다 저렇다 아무 말도 없었지만(엄마가 그런 것만큼이나 엄마를 만나고 싶지 않아서 그랬을 테지만), 방화 사건 때문에 엄마의 도움이 필요했을 거다. 몸을 숨길 장소도. 바이런은 엄마의 소재를 파악했고, 엄마는 그를 집에 받아들였다.

 그런 생각을 하는 내내 뭔가 걸리는 게 있었는데, 그건 바로 콘수엘라였다. 도대체 그녀는 무슨 연관이 있는 걸까? 나는 그녀에 대해 알고 있는 모든 것을 낱낱이 살펴보았다.

 그녀는 이민자다. 스페인어로 말하는 이민자. 그런 면에서 바이런과 관련지을 수 있겠지. 어쩌면 바이런은 그녀와 말이 통하는 몇 안 되는 사람들 중 한 명인지도 모른다.

 팔에 붕대를 두른 스페인계 이민자.

 그게 혹시 화재와 관련이 있을까?

 나는 부엌으로 달려가 냉장고에 들어 있던 서류를 다시 한 번 꼼꼼히 살펴보았다. 이제 엄마가 남긴 메모를 해독해야 할 시간이다. 콘수엘라와 엄마는 공원에서 만났을 때 과연 어떤 얘기를 했을까?

루스리프 노트를 보다가 미처 눈치 채지 못했던 사실을 발견했다. 엄마의 글씨가 믿을 수 없을 정도로 형편없다는 거였다. 몽당연필을 발가락 사이에 끼고 써도 그보다는 더 깨끗이 쓸 수 있을 것 같았다.

전에도 이런 식으로 갈겨쓴 메모를 본 적이 있었다. 엄마는 법대 수업 중에 이런 식으로 필기를 했고, 집으로 돌아와서는 자기가 무슨 글자들을 쓴 건지 몰라 헤매곤 했다. 그래서 몇날 며칠 그 뜻을 알아내느라 고생했던 기억이 났다. 그런 경험이 이 메모를 해독하는 데 도움이 되어줄 것 같았다.

나는 천천히 메모를 읽어 내려갔다. 눈을 가늘게 떠보기도 하고, 종이를 뒤집어보기도 했다. 30분쯤 지난 뒤에 내가 알아낸 내용은 바로 이거였다.

C.R. Imm. 99. Kds in Mex. Hsekpr B.C. $$$ stole Jn. BC Dprt CR?

See DOH-NUTZ

B.C. sd mt. No I hrt. K Died. C.R. wnt to B.C. B.C. sd jail. No kds.

협박 II

시험범위도 모른 채 시험을 치른 적이 있어? 딱 이런 경우지. 나는 글자들을 뚫어져라 들여다보며 곰곰이 생각해봤지만, 도대체 무슨 뜻인지 알 수가 없었다. 이러다 낙제할 게 뻔해! 하지만, 이번 경우는 못 쳐봤자 잔소리 좀 들으면 그만인 학교 시험이 아니라, 엄마의 생명이 걸린 중대사란 말이지.

그들이 아직 엄마를 해코지하지 않았다면?

그런 생각을 하니 내 앞에 놓인 문제에 집중하는 데 어느 정도 도움이 되었다. 나는 실용주의자가 되기로 했다. 모르는 것들에 고민할 필요 없이, 이미 알고 있는 것들에 집중하는 거다.

DOH-NUTZ. 이건 쉬운 문제였다. 엄마는 배가 고파 도넛을 먹고 싶었나 보다. 콘수엘라와 한참 얘길 나누는 도중에 왜 이런 메모를 했는지 좀 의아하긴 했지만, 사실 엄마는 충분히 그러고도 남을 사람이다.

한 개 풀었고, 이제 33개 남았다.

조금 지나고 나니, 나머지 것들도 내가 예상했던 것만큼 어렵진 않다는 생각이 들었다. 엄마는 계속해서 철자의 모음을 빼고 있었다. 'kids'란 단어와 'June'이란 단어가 보였다. 엄마가 법대 시절 썼던 노트에서 본 다른 약자들도 보였다. Sd=said. Mt=empty. Imm=immigrant/immigrate. 그렇다면, 'Dprt'는 'deport'(강제 추방하다)겠지.

그런데 정말 골 때리는 건 'Hsekpr B.C.'였다.

가만있어보자. 'Hsekpr. B.C.'라…….

Housekeeper, Bob Chisling.

콘수엘라는 치슬링의 가정부였다! 그래서 그녀가 그곳에 있었던 거다. 그런 연관이 있었다니.

가슴이 마구 뛰었다. 과학자들이 암 치료제나 신종 유전자, 혹은 우유 속에서도 그대로 형태를 유지하는 바삭바삭한 코코아 과자를 만들었을 때의 기분이 어땠을지 알 것 같았다. "바로 이거야!" 하고 외치는 거지.

할 수 있을 것 같았다. 나 혼자 사건을 해결할 수 있을 것 같았다. 나는 신이 나서 나머지 글자들을 훑기 시작했다.

C.R. Imm. 99. Kds in Mex. Hsekpr B.C. $$$ stole Jn. BC

Dprt CR?

'콘수엘라 로드리게스는 1999년 핼리팩스로 이주한 뒤 치슬링의 집에서 가정부로 일해왔다. 그녀에겐 멕시코에 자녀들이 있다. 그녀는 6월에 돈을 훔쳤고, 치슬링이 그걸 알고는 그녀를 추방시키려 했다.'

나는 도넛 어쩌고저쩌고는 건너뛰고 다음 메모를 살폈다.

B.C. sd mt. No I hrt. K Died. C.R. wnt to B.C. B.C. sd jail. No kds.

'치슬링은 건물이 비어 있다고 말했다. 아무도 다치지 않는다고. K가 죽었고, 콘수엘라는 치슬링에게로 갔다. 치슬링은 콘수엘라에게 감옥에 가게 되면 애들을 만날 수 없다고 말했다.'

콘수엘라는 치슬링이 불을 지른 범인이란 걸 알고 있었다! 그리고 치슬링을 밀고할 생각이었다! 치슬링은 이렇게 말했겠지. 그렇게 나오면 당신이 돈을 훔친 사실을 신고하겠다고 말이야.

그거야! 해냈어.

아니지. 그게 아닌데.

치슬링은 화재가 발생하던 날 서스캐처원 주에 있었잖아. 그걸 잊고 있었네.

나는 다시 노트를 뚫어지게 보았다. 모든 것이 말이 되는 것 같긴 한데, 앞뒤가 제대로 맞지 않았다. 내가 뭘 빠뜨린 걸까?

그래, DOH-NUTZ!

이 생각을 왜 못 했지? 엄마는 퇴근하면서 도넛 사는 걸 잊지 않으려고 메모했을 때, 'dnts'나 'dnuts', 혹은 'donuts' 같은 부호를 쓰지 않았다. 'DOH-NUTZ'라고 썼지. 시내에 있는 도넛 체인점의 상호 그대로. 엄마는 대문자로 'See DOH-NUTZ'라고 커다랗게 썼다. 그건, 법률 소송을 뜻하는 거였다! 갑자기 모든 것이 앞뒤가 맞는 것처럼 느껴졌다.

내가 아툴라의 고객들을 놀리듯 얘기할 때마다 엄마가 크게 화를 냈다고 말한 거 기억나지? 그럴 때마다 엄마는 으레 '세상이 어떻게 돌아가는지'에 대한 훈시를 했다. 갈 곳 없이 떠돌아다니는 사람들에 대한 훈시("내가 직장을 잃게 되면, 우리도 거리에 나앉을 수밖에 없어. 그러니, 엄마가 너라면 그렇게 어리석은 행동은 하지 않을 거야."), 제정신이 아닌 사람들에 대한 훈시("캐나다 사람 세 명 중 한 명은 인생의 어느 순간에 정신질환을 겪는다고 해. 아툴라도 그럴 수 있고, 엄마나 너도 그럴 수 있지. 엄마가 너라면 그런 어리석은 짓은 않겠다."), 빈민들에 대한 훈시("이 나라엔 말이지, 매달 300명의 아이들이 식량배급소에서 받은 것으로 하루하루를 연명하고 있단다. 언젠가는 하루에 300명이 될 수도 있어. 엄마가 너라면 그렇게 어리석은 짓은 하지 않겠지.") 등등.

물론 엄마는 이민자들에 대한 훈시도 잊지 않았다. 그땐 그런 애기가 그저 따발총 쏘는 소리처럼 들렸다. 하루는 저녁을 먹으려고 도네어 가게로 가는 길에, 아툴라의 사무실에 자주 들르는 한국 남자에 대해 이런저런 얘기를 나누었다. 솔직히 그때 어떤 얘길 했는지는 기억이 잘 안 난다. 엄마는 자식들을 고국에 남겨 둔 채 돈을 벌기 위해 캐나다로 떠나와야 했던 부모의 얘기를 하면서, 갑자기 나한테 성질을 내기 시작했다. 말이 통하지 않는 곳에서 살아가는 게 얼마나 힘든 일인지 아느냐는 둥, 그러니 말이 통한다는 게 얼마나 행복한 일인지 알아야 한다는 둥.

그런 다음, 엄마는 시내의 도너츠(DOH-NUTZ)에서 일하는 아프가니스탄 출신 남자 얘기를 했다. 사람들은 차를 타고 와서는 그 가게에서 팔지 않는 '앤초비 꽈배기 도넛'이나 '양배추 대니시 페스트리' 같은 것을 주문하곤 했다. 아프가니스탄 남자는 당황해서 어쩔 줄 몰랐지만, 사장은 그에게 걱정할 것 없다고 말하고는 카운터 뒤에 있던 '스페셜 도넛' 상자를 손님에게 주었다. 아프가니스탄 남자는 그저 손님이 건네는 돈을 현금등록기 안에 넣기만 하면 되었다.

하루는 아프가니스탄 남자가 실수로 그 상자를 떨어뜨렸는데, 뚜껑이 열리면서 마약이 든 작은 봉지가 도넛들 속에 끼워져 있는 걸 보게 되었다. 그가 경찰에 신고하려 하자, 그 사실을 알아챈 사장이 이렇게 말했다.

"이봐, 너도 이제껏 마약을 팔아온 공범이야. 네 지문이 도넛 박스 여기저기에 묻어 있을 텐데. 경찰에 신고한다 치자. 과연 경찰은 누구 말을 믿을까? 성공한 캐나다 사업가인 나일까, 촌뜨기 이민자인 네 녀석일까? 어디 신고해봐. 내가 눈 하나 깜짝할 것 같아? 경찰은 네 녀석을 바로 아프가니스탄 감옥으로 되돌려 보낼걸."

아프가니스탄 남자는 너무 두려워서 감히 신고할 생각을 못 하고 입을 굳게 다물었다. 하지만 그 은밀한 거래는 새로 온 종업원이 실수로 '마약 가루가 씹히는' 도넛을 교회 바자회에 기부하는 바람에 결국 들통이 나고 말았다(어떤 도넛인지 한번 봤으면 좋겠다).

그래서 엄마는 "DOH-NUTZ를 보라"는 글을 남긴 거다. 엄마는 그와 똑같은 일이 콘수엘라에게도 일어났다는 걸 말하고 싶었던 거다.

나는 손톱을 물어뜯으며 내 추리를 다시 되짚어봤다.

좋아. 치슬링은 고급 콘도 건설 계획이 중단되는 바람에 자금 수급에 어려움을 겪고 있었다. 그래서 하루빨리 공사를 재개할 필요가 있었다. 메이슨홀의 금반언에 관해 알게 된 그는 메이슨홀에 어떤 일이 '생기면' 그곳의 땅이 자기한테 넘어올 수 있다는 사실을 알아차렸다. 그는 그곳이 주차장으로 더할 나위 없는 공간이란 생각을 지우기 힘들었다.

그렇지만 그는 어떻게 그 건물을 없애려고 했던 것일까? 그야 간단하지. 콘수엘라에게 돈을 훔쳤다는 누명을 씌우고는, 감옥에 가지 않으려면 메이슨홀에 불을 지르라고 그녀를 협박했을 거다. 그가 자전거 경주대회에 참가하러 서스캐처원 주에 가 있는 동안 말이다.

B.C. sd mt. No I hrt. K Died. C.R. wnt to B.C. B.C. sd jail. No kds.

'밥 치슬링은 건물에 아무도 없다고 말했다. 그러니 아무도 다치지 않을 거라고. 콘수엘라는 치슬링이 시키는 대로 했다. 그런데 칼(칼 스태포드 부드로)이 죽었다. 콘수엘라는 치슬링에게 갔다. 치슬링은 그녀에게 누구에게든 이 사실을 말하면 살인죄로 감옥에 가게 될 테고, 그러면 다신 아이들을 보지 못하게 될 거라고 말했다.'

그게 바로 콘수엘라와 바이런이 공원에서 나눈 얘기였다.

치슬링은 콘수엘라를 뒤에서 사주하고 사건 당시 자신은 먼 곳에 가 있음으로써 방화에 대한 알리바이를 확실하게 만들 수 있었다. 하지만 콘수엘라가 꼼짝없이 그의 말에 넘어가 그렇게 엄청난 범죄를 저지른 건 왜일까? 그렇다고 수고비를 받은 것도 아닌데. 그야 간단하다. 그녀 역시 여느 엄마들과 다를 바 없이, 아이들을 다시 만나기 위해서라면 무슨 짓이든 할 수밖에 없었던 거다.
  가슴 아픈 얘기지만, 앞뒤가 딱 들어맞았다.
  나는 내 생각이 맞는지 콘수엘라에게 확인해보기로 했다.

피후견인

::
친권을 이행할 사람이 없어 후견인의 보호와 감독을 받는 미성년자
::

핼리팩스 전화번호부에 치슬링이란 이름은 단 두 개밖에 없었다. 그중 한 명은 우리 집과 가까운 아츠 거리에 살고 있었고(사는 동네를 볼 때 그 사람은 치슬링이 아닐 게 뻔했다), 나머지 한 명은 블루밍데일 테라스에 살고 있었다. 딱 치슬링이 살 법한 동네였다.

스케이트보드를 타고 가서 그 집 문을 두드리는 내 모습을 잠시 상상해봤지만, 결국 포기했다. 치슬링이 나를 또다시 보는 걸 내켜하지 않을 거라는 생각이 들었기 때문이다.

대신에 콘수엘라에게 전화를 걸기로 마음을 바꿨다. 그녀는 영어를 할 줄 모르고, 난 스페인어를 할 줄 모르기 때문에 그것도 좋은 계획은 아니었다. 하지만 그 방법밖에 떠오르지 않았다.

나는 TV의 멕시코 음식 광고에서 주워들은 스페인어(이래도 TV를 보는 게 아무짝에도 쓸모없다고?) 몇 마디를 알고 있다. 콘수

엘라는 바이런과 엄마의 이름을 알고 있다. 그리고 시터들힐이 어디에 있는지도 분명히 알고 있을 거다.(시터들힐은 시내 한가운데에 있는 엄청나게 큰 성이다. 핼리팩스에서 시터들힐을 모르는 사람은 아무도 없다.)

나는 이렇게 말할 계획을 세웠다. 물론 아주 천천히 할 수밖에 없겠지만. "바이런… 앤디… 마냐나(Mañana)… 시터들힐… 께 오라 에스(Que hora es)? 우노(Uno)."

내가 아는 대로 '마냐나'는 '내일'이란 뜻이고, '께 오라 에스'는 '몇 시'란 뜻이어야 할 텐데. '우노'는 '1'이란 뜻이고. 만약 다른 뜻이면 어떡하지? 어떻게든 의사소통을 하는 데 성공한다면, 내일 오후 한 시에 시터들힐에서 그녀를 만날 수 있을 거다.

나는 전화를 걸고 정말 느끼한 억양으로 말했다.

"알로. 콘수엘라 로드리게스 씨랑 통화하고 싶은데요."

그러자 스페인계인 듯한 여자의 목소리가 들려왔다.

"미안하지만, 콘수엘라는 여기 없는데요."

"그럼 콘수엘라 씨는 어디에 계신가요?"

"콘수엘라는 사흘 전에 고향인 멕시코로 돌아갔어요."

"언제 돌아오는지 아시나요?"

"딸이 많이 아프거든요. 치슬링 씨 말로는 돌아오지 않을 거라고 하던데요."

내 그럴 줄 알았어.

"난 여기 새로 온 가정부예요. 뭐 또 도와드릴 일이라도?"

특수부대 전투 훈련이라도 시켜줄 거라면 모를까.

"아뇨. 됐습니다."

나는 전화를 끊었다. 메이슨홀 방화 사건의 배후 인물이 치슬링임을 아는 사람들이 모두 종적을 감췄다는 생각이 머리를 스쳤다.

모두 다 말이지, 나만 빼고.

그 생각이 들자 두려움이 더욱 커졌다.

갑자기 울고 싶었다. 그냥 눈이 퉁퉁 붓도록 울고 싶었다. 엄마가 사라진 지 고작 3일밖에 안 됐는데, 다시 엄마를 만나게 될 거란 믿음은 점점 희미해져갔다. 마음 한구석에서 경찰에 신고하고 싶다는 생각이 고개를 들기 시작했다.

진즉에 경찰에 신고할걸.

그래, 맞아.

하지만 그건······.

만약에 경찰에 신고했는데, 내 추리가 잘못되었고 엄마가 범죄와 연관이 있는 걸로 밝혀진다면? 엄마는 나한테 쪽지를 남겼다. 직접 경찰에 신고할 수도 있었는데 말이지. 최소한 한 마디 귀띔이라도 해줄 수 있었을 텐데, 엄마는 그러지 않았다. 누구도 자기를 찾길 원치 않는 것처럼.

만약에 내 추측대로 치슬링이 엄마를 납치한 게 맞다면? 그 질문의 답을 알 것 같다. 아마 엄마는 이미 이 세상 사람이 아닐지도 모른다. 엄마 같은 사람을 과연 누가 참고 봐주겠어?

엄마가 공범이거나 희생자이거나, 둘 중 하나일 거다. 어느 경우라도 난 양육시설 신세를 지게 될 게 뻔하다. 내가 아는 아이 중에 그런 처지에 있는 아이가 있다. 그 애는 3년 동안 두 명의 괜찮은 수양엄마와 네 명의 끔찍한 수양엄마를 겪었다. 난 그런 상황을 참아낼 자신이 없다. 난 지금 엄마가 거리에서 방황하던 나이보다 고작 한 살이 어릴 뿐이다. 최악의 경우, 나 역시 엄마처럼 그렇게 살아야 할지도 모른다.

내겐 그저 막연한 믿음만이 있을 뿐이었다. 나는 탁자 위에 놓여 있는 엄마의 열쇠 뭉치를 집어 들고 물끄러미 그걸 내려다보았다. 열쇠 뭉치는 엄마와 나의 마지막 연결고리였다. 엄마가 열쇠로 문을 열고 들어오는 모습이 떠올랐다. 그 열쇠로 엄마가 머리를 긁적거리는 모습이 떠올랐다. 엄마가 열쇠 뭉치를 낡은 초록색 외투 주머니 속에 넣고 쇼핑을 하러 가는 모습, 법원에 가는 모습, 영화관에 가는 모습이 떠올랐다.

다시 열쇠 뭉치를 탁자에 내려놓았을 때, 문득 어떤 생각이 떠올랐다. 볼품없는 이 열쇠고리에 엄마는 내 사진을 넣어 장식했다. 엄마가 골라 넣은 건 내가 한창 비버처럼 보였을 때인 초등학교 6학년 때의 우스꽝스러운 사진이었다(그때 내 이빨은 피아노 건반을 끼우기라도 한 듯 엄청 커 보였다). 어쨌든, 열쇠 뭉치를 내려놓았을 때는 그 사진이 보이지 않았다.

나는 다시 한 번 살폈다. 갑자기 팔의 솜털들이 칫솔모처럼 곤두서는 걸 느꼈다.

사진은 탁자 위에 있었다. 뒤집힌 채로. 엄마는 사진 뒤에 무언가 메시지를 남겼다.

난 괜찮아. 버치헤드. 사랑한다, 아들. 사랑해. 사랑해.

폭력

::
신체적인 공격행위 등 불법한 방법으로 행사되는 물리적 강제력
::

내게 필요한 것이 무엇인가를 생각하면서 밤이 오기만을 기다렸다.

칼? 쇠지레? 채찍?

참나. 아무래도 난 성장기에 폭력성 짙은 비디오 게임을 너무 많이 한 게 틀림없다. 내가 게임 속 주인공이라도 된다고 생각한 거야? 암살자라도 된다고 생각한 거야? 난 그럴듯한 암살자는 못 될 거다. 그저 실종된 엄마를, 엄마가 남긴 단서를 찾고 있는 피골이 상접한 어린애일 뿐이니까.

나는 예전에 가지고 놀았던 휴대용 무전기를 챙겼다. 무전기에 배터리가 들어 있는지 확인하고 그것들을 외투 주머니에 넣었다. 담뱃갑에서 58달러 72센트를 꺼내어 마지막 남은 오레오 과자와 함께 역시 주머니에 넣었다.(이제 그럴싸해 보이는 게 꼭 특공대원 같지

않아? 여러분 눈엔 내 꼴이 여전히 어색해 보이겠지만.)

가게 문이 열리자마자 탄산음료 두 병을 사 들고 공원으로 향했다. 토요일에는 사람들로 북적거리기 전에 켄달이 아침 일찍 공원에 나온다는 걸 알고 있었다. 켄달은 칼이나 쇠지레처럼 큰 힘이 되진 않겠지만, 어쨌든 도움이 되어줄 것 같았다. 그가 돕겠다고 나서면 금상첨화. 켄달은 충분히 그럴 만한 녀석이다.

사실 나는 너무 겁이 났다. 누군가 나와 함께 가주길 바랐다. 만에 하나 일이 잘못되더라도, 혹은 우리가 해서는 안 될 일을 저지르더라도, 우리는 아직 어린 미성년이므로 소년법원에서 재판을 받게 될 거다. 소년법원에 가면 판사가 선처를 베풀지도 모른다. 그런 생각을 하니 켄달에게 도움을 요청해도 괜찮을 것 같았다.

내가 켄달을 발견했을 때, 그는 스케이트보드 위에 발을 올리고 막 출발하려던 참이었다. 나는 "켄달!" 하고 큰 소리로 불렀다. 너무 크게 불렀나 하고 생각하는 찰나, 아니나 다를까 그가 괴상한 표정으로 날 보더니, 내가 아는 켄달이라면 생전 그럴 것 같지 않은 짓을 하고 말았다.

그가 고꾸라졌다.

그것도 "쾅!" 하고 콘크리트 바닥에 제대로 부딪혔다.

나는 탄산음료 한 병을 부어오른 켄달의 눈 위에 대주면서 입가에 묻은 피를 휴지로 닦아주었다. 그런 다음, 엄마와 바이런 그리고 콘수엘라와 밥 치슬링 얘기를 꺼냈다. 주저리주저리 많은 얘기를 늘어놓다 보니, 켄달이 "요점이 뭔데?" 하는 표정으로 나를 쳐다보고 있었다. 잠시 후(핼리버튼 빌딩 얘기를 시작했을 무렵) 켄달은 내가 속사포처럼 쏟아내는 말을 그대로 듣고만 있었다. 내가 하는 말이 모두 사실이라는 걸 느끼는 듯했다.

내가 할 말을 모두 끝내자 켄달이 물었다.

"거기엔 어떻게 갈 건데?"

난 아직 도와달란 말도 안 했는데.

켄달은 그날 하루 종일 내가 자기 스케이트보드를 타고 놀게 해주었다. 그런 후 우리는 택시를 잡으러 갔다.

상점 앞에 택시들이 줄지어 늘어서 있었다. 하지만 택시를 잡아타기란 쉬운 일이 아니었다. 기껏해야 열한 살쯤 된 것 같은 녀석(켄달)이 키는 180센티미터쯤 되고 폭력배 같아 보이는 데다, 눈가와 입술이 이탈리안 소시지처럼 퉁퉁 부어 있으니, 누가 그를 승객으로 태우고 싶겠어. 하지만 그건 부당하다. 젠장, 나한테도 돈이 있단 말이다. 결국 그들한테 필요한 건 돈 아닌가?

정말 돌아버릴 지경이었다. 한 운전사에게 자초지종을 설명했지만, 그는 이렇게 떠들어대기만 했다.

"상관없어. 난 너희들 안 태워. 안 태운다니까."

바로 그때 누군가 말하는 소리가 들렸다.

"내가 태워주지, 시릴. 어딜 가려고 그러니?"

고개를 돌려 뒤돌아보니, 아툴라가 상점에서 걸어 나오고 있었다. 하필이면 이럴 때 만날 게 뭐람.

난 영화를 보러 간다는 둥 거짓말을 둘러댈 작정이었지만, 말 많은 택시 운전사가 그만 이렇게 떠벌리고 말았다.

"글쎄, 저 녀석들이 버치헤드에 간다지 뭐요!"

"그렇다면 내가 태워다 줘야겠네요!"

거드름을 피우면서 아툴라가 말했다. 그녀도 택시 운전사가 우리의 나이나 생김새 때문에 택시를 태워주지 않는 것에 불만이 있는 게 분명했다. 그녀는 인권과 자유 헌장 몇 조 몇 항을 들먹이며 택시 운전사를 고소라도 할 기세였다.

아툴라 때문에 택시 운전사가 찍 소리도 못하게 된 건 고소한 일이었다. 다만 그녀의 차 안에서 45분이란 시간을 보내야 한다는 건 괴로운 일이었다. 당연히 그녀는 우리가 무슨 일을 꾸미고 있는지 꼬치꼬치 캐물을 테니까. 우리는 그쪽으로 하이킹을 가는 중이라고 꾸며댔지만, 그녀가 믿지 않는다는 걸 금방 눈치 챌 수 있었다(그녀 눈썹이 움직이는 걸 보면 알 수 있다).

내가 켄달을 소개하자, 아툴라는 더욱더 의심의 눈초리를 보냈다(이번엔 눈썹과 입술이 동시에 움직였다). 그녀는 이미 엄마로부터 켄달에 관해 들은 바가 있는 데다, 얻어맞은 듯한 얼굴과 피 묻은 티셔츠까지 보게 됐으니, 켄달에게서 좋은 인상을 받을 리 만무했다. 하지만 그녀는 억지로 미소를 지으면서 세인트 마거릿만까지 가는 동안 줄곧 대화를 멈추지 않았다.

아툴라는 엄마에 관해 많은 것을 물었고, 나는 되도록 애매하게 대답하려고 애썼다. "글쎄요, 최근엔 엄마 얼굴을 제대로 본 적이 별로 없어서요." "아시잖아요, 엄마가 항상 나쁜 짓만 한다는 걸. 하하." 물론 늘 써먹는 레퍼토리도 잊지 않았다. "엄마가 요즘 일에 묶여서 엄청 바쁘거든요."

아툴라는 내가 엄마 얘기를 하는 걸 불편해한다고(왜냐하면 그녀가 엄마를 해고했기 때문에) 생각하는 듯했다. 결국 그녀는 화제를 바꿔 고객들 얘기를 해주었다. 다른 때라면, 그 얘기에 온통 관심을 집중해서 들었을 거다. 하지만 내 정신은 딴 데 팔려 있었다. '버치헤드 요트 클럽'이라고 쓰인 표지판을 발견할 때까지 내가 보인 반응이라곤 그저 "아… 아…", 그리고 "아, 그래요?"라는 말뿐이었다.

"여기서 세워주세요."

내가 다소 급작스럽게 말을 꺼내자, 아툴라가 발로 차듯 급브레이크를 밟았다. 그 때문에 잠깐 동안 차의 뒷부분이 이리저리 흔들리며 미끄러졌다.

"뭐?! 뭐라고?! 여기서 내려달라고? 어딘지도 모르는 이 도로 한복판에?"

나는 하이킹 코스가 요트 클럽의 반대쪽에서 시작된다고 둘러댔다(이럴 때마다 내 머리가 정말 비상하다는 생각이 든다). 켄달의 아빠가 요트 클럽에서 우리를 기다리고 있는데, 그분이 우릴 집에까지 데려다주기로 했으니 아무 걱정 말고 다시 쇼핑하러 돌아가도 된다고 덧붙였다.

아툴라는 오리처럼 입술을 삐죽 내밀며 우릴 그런 곳에 내버려두고 가는 게 영 마음에 걸린다는 시늉을 했다. 나는 그녀에게 가볍게 키스하며 고맙다는 말을 전했다. 그러고는 혹시라도 마음이 바뀔까 봐 차에서 얼른 내렸다.

"그렇지만… 그래도 그렇지……."

그녀는 잠시 머뭇거리다가 결국 포기하고 떠났다. 켄달과 나는 마치 할머니가 손자에게 하듯 손을 흔들어주며 자동차가 모퉁이를 돌아 보이지 않을 때까지 기다렸다.

켄달이 나를 보며 말했다.

"이젠 어쩌지?"

좋은 질문이야.

무단침입 II

우리는 몸을 숙이고 '출입금지' 표지판을 통과해 요트 클럽으로 통하는 구불구불한 길을 살금살금 걷기 시작했다. 아무래도 엄청 광활한 숲의 한복판에 와 있는 것 같았다. 저소득층 도시 아이인 내게는 아주 낯선 풍경이었다.
숲은 믿기 어려울 정도로 고요했다. 들리는 거라곤 우리가 나뭇잎을 밟을 때 바스락거리는 소리뿐이었다. 바로 이런 게 사람들이 시골에서 살고 싶어 하는 이유라는 얘기를 들은 적이 있다. 평화로움과 고요함. 하지만 솔직히 말하자면 자연의 모든 것이 나를 두렵게 했다. 여기서 내 인생을 마감할 것만 같다는 생각이 들기 시작했다. 밥 치슬링에게 잡히지 않는다면, 아마 곰에게 잡아먹히게 되겠지. 이곳 분위기로 봐선, 누군가 여길 와서 우리의 흔적을 발견하려면 몇 년은 걸릴 것처럼 보였다.

죽는 방법도 가지가지군.

내 기분이 좋아진 건 내가 실종됐다는 소식을 듣고 메리 맥아이작이 울면서 슬퍼할 거란 생각이 들었을 때였다. 하지만 곧 그녀가 켄달의 실종 소식에 더욱 슬퍼할 거란 생각이 들자, 아까보다 더 기분이 나빠졌다.

길이 꺾이는 지점에 다다르자 갑자기 우리 눈앞에 요트 클럽이 보였다. 요트 클럽이 튀어 나오듯 나타났기 때문에, 우리는 숲속으로 다이빙하듯 몸을 던지고 말았다. 이제 좀 스파이 같나? 얼굴부터 처박히는 바람에 입속으로 이끼 덩어리가 들어가고, 켄달의 입에서는 또다시 피가 흘러나왔지만, 뭐 아무렴 어때?

나는 주변의 나뭇가지들을 치워내고 요트 클럽을 자세히 살폈다. 요트 클럽은 지은 지 오래된 커다란 건물인데, 겉면이 녹색으로 치장되어 있고 목재로 만든 베란다가 사방에 빙 둘러져 있었다. 물위 오른쪽으로는 보트 창고가 있었고, 자갈이 깔린 주차장 뒤편으로는 판자를 댄 간이식당과 두 개의 차고가 있었다. 엄마가 갇혀 있는 곳은 저 건물들 중 하나일 거다. 과연 내 예상이 맞을지. 곧 알게 되겠지.

내가 요트 클럽을 정찰하는 동안, 켄달은 보초를 서며 기다리기로 했다. 우리가 있는 곳은 몸을 숨긴 채 사방을 둘러보기에 썩 괜찮은 지점이었다. 만약 도로 쪽에 누군가 나타나면 켄달이 무전기로 내게 알려주기로 했다. 나 역시 무언가를 발견하면 무전기로 켄달에게 알려주기로 했다.

나는 무전기를 꺼내어 전원을 켰다. 켄달에게 줄 무전기를 꺼내려고 다른 쪽 주머니에 손을 넣는 순간, 믿을 수가 없었다.

무전기가 없었다.

숲속이나 길 위에 흘린 것도 아니었다. 비명을 지르고 싶은 심정이었다. 하지만 이런 상황에서 찍 소리도 내선 안 된다는 걸 알기에, 대신 소리 없이 나무에 두 번 머리를 박았다.

켄달이 내 어깨를 툭 치면서 괜찮다고 말했다. 어쨌든 보초를 설 수는 있으니까. 혹시 누군가 나타나면 숲속에서 길을 잃었으니 주유소까지 데려다달라고 부탁하면 된다. 그러면 난 그들이 다시 돌아오기 전에 그곳을 빠져나갈 시간을 벌 수 있다.

좋아. 그 정도면 됐어.

내가 잠시 뜸을 들이는 동안, 켄달이 나 대신 자기가 정찰하러 가겠다고 말했다. 내가 겁을 먹고 있다고 생각한 모양이다(젠장, 그렇게 티가 나나?). 난 됐다고 말했다. 우리 엄마를 구하는 일이니까. 그리고 솔직히 말하자면, 숲속에서 곰과 맞닥뜨리느니 요트클럽에서 치슬링과 마주치는 게 차라리 나을 것 같았다.

나무 뒤에서 주변을 살피다가 간이식당 쪽으로 후다닥 뛰어가서 벽에 등을 바짝 기댔다. 몸이 떨리고 숨이 가빠졌다. 바지에 오줌이라도 지릴까 봐 걱정되었다. 하지만 켄달이 나를 지켜보고 있으니 계속 갈 길을 가야 했다. 나는 바닥에 몸을 엎드리고 기어가 간이식당 주변을 살폈다. 창문으로는 아무것도 보이지 않아서, 문을 두드리며 작은 소리로 말했다.

"엄마! 엄마! 엄마, 거기 있어요?"

엄마는 안에 없었다. 아니, 최소한 대답할 수 있는 상황이 아닌 게 분명했다.

나는 발끝으로 종종대며 건물 본관 쪽으로 향했다. 자갈 밟는 소리를 내지 않으려고 애썼지만 별 소용이 없었다. 그래도 그럭저럭 동화 속에 나오는 공주처럼 사뿐사뿐 걷는 데는 성공한 것 같다(켄달이 이런 내 모습을 보고 웃음을 참을 수 있었을까).

들여다보이는 곳은 아무래도 주방인 듯싶었는데, 본관의 반대편 창문은 역시 판자로 덧대어져 있었다. 뒷문은 자물쇠로 잠겨 있었다. 나는 영화에서 본 것처럼 벽에 등을 붙인 채 베란다를 따라 몸을 이리저리 움직이다가 건물 왼쪽으로 비스듬히 나아갔다.

몸을 돌려 켄달이 있는 곳을 쳐다보고는 건물 앞쪽을 살펴보겠다는 몸짓 신호를 보냈다. 켄달이 엄지손가락을 치켜세웠다. 나는 알았다고 고개를 끄덕인 후 모퉁이를 돌았다.

그때 난 악 소리를 낼 시간조차 없었다.

납치

::
상대방의 의지에 반하여 그 사람을 붙잡아두는 불법 행위
::

뒤쪽에서 손 하나가 불쑥 튀어나오더니 내 입을 틀어막았다. 다른 한 손은 내 바지 뒤춤을 잡더니 날 들어 올렸다. 멍청하게도 난 그제야 아무런 호신도구도 챙겨 오지 않았다는 사실을 깨달았다. 아무것도.

야구방망이.

레이저건.

하다못해 지독한 겨드랑이 암내라도 풍겨야 하는데.

이럴 때 국부 보호대라도 있었다면 도움이 됐을 거다. 정말이다. 이 남자가 엄청 센 힘으로 바지 뒤춤을 끌어 올리는 바람에 사타구니가 아팠으니까.

정말 찍 소리도 내지 못할 상황이었지만, 나는 있는 힘껏 팔을 휘두르고 발길질을 했다.

그럴싸해 보이는 양복을 입은 것과 달리, 밥 치슬링은 그저 덩치 큰 바텐더로만 보였다. 내 생각에 그는 90킬로그램이나 나가는 술주정뱅이를 거리로 던져버린 적이 있을 것만 같았다. 그런 사람한테 고작 40킬로그램밖에 안 되는 나 같은 꼬마는 생쥐나 마찬가지였다.

그 남자는 아무 말 없이 요트 클럽 안으로 나를 끌고 들어갔다.

"잘 들어라, 꼬마야. 전에도 한 번 말했었지. 공사 현장은 위험하다고 말이야."

나는 두 손을 모아 그의 검지를 있는 힘껏 구부리며 말했다.

"우리 엄마한테 무슨 짓을 한 거야?"

"엄마라고?!"

그는 잠깐이나마 깜짝 놀란 게 틀림없었다.

그는 눈을 흘기며 나를 보더니 뭔가 알았다는 표정을 지었다. 내 붉은색에 가까운 갈색 머리칼과 주근깨투성이 얼굴을 보고 눈치를 챘겠지. 그는 다시 나를 끌고 갔다.

남자화장실 앞에 다다르자, 그는 내 목에 헤드락을 걸고는 주머니에서 열쇠를 찾았다. 내가 그때 무슨 생각을 하고 있었는지 모르겠지만, 지금도 그때를 생각하면 정말 죽을 맛이다.

그는 문을 열더니 나를 안으로 집어 던졌다.

나는 변기에 머리부터 처박힐까 봐 걱정한 나머지, 그 안에 누가 있는지 살펴볼 겨를이 없었다.

그때, 엄마의 목소리가 들렸다.

"이봐요. 젠장, 당신은 대체 언제쯤 철들 건지······."

바닥에 내동댕이쳐진 사람이 나임을 발견한 엄마는 말을 멈추고 비명을 질렀다. 그러고는 내게 키스를 하면서 울음을 터뜨렸다.

다시 문이 잠겼다. 바이런이 엄마와 나를 부축해 일으키고 콘수엘라가 휴지로 엄마 눈가에서 눈물을 닦아주려 했지만, 엄마는 두 사람의 손길을 뿌리쳤다. 여느 때라면 나 역시 엄마를 밀쳐냈을 거다. 사람들이 보는 앞에서 공공연히 그런 애정 표현을 받을 만큼 어리진 않으니까. 하지만 그때만큼은 전혀 신경 쓰지 않았다. 그저 엄마가 살아 있는 걸 확인해서 너무 기뻤고, 여전히 사람들한테 험한 말을 내뱉는 엄마를 다시 보게 돼서 반가웠다.

엄마와 내가 흐느낌을 억지로 참으려고 애쓰고 있을 때, 다시 문이 열렸다. 켄달이 바닥에 내동댕이쳐졌다. 복도에 선 치슬링은 한 손으로 우리에게 총을 겨누면서 다른 한 손으로 자기 바지에 묻은 먼지를 털어냈다.

"좋아!"

그는 미친 사람처럼 소리를 지르면서 말했다.

"점심 메뉴로 뭘 갖다 줄까?"

세상에…… 점심이라고! 듣던 중 반가운 소리군.

엄마가 벌떡 일어섰다. 난 그 순간 엄마가 햄버거 주문을 거들려고 일어선 건 아님을 알았다.

"파티 팩으로 하는 게 좋겠는데요."

엄마가 이어 말했다.

"보시다시피 여긴 입들이 많거든요."

엄마는 내게 미소를 지어 보이더니 최고로 상냥한 목소리로 말했다.

"우리 가족이 다시 뭉치도록 이런 수고를 하시다니, 정말 더럽게 대단한 일을 하셨네요?"

"엄마……" 하고 내가 말려봤지만, 엄마는 도대체 멈추려 하질 않았다. 엄마의 모습은 마치 공격 태세를 갖춘 도베르만 사냥개 같았다. 우리들 중 엄마에게 입마개를 씌울 만큼 용감한 사람은 없었다.

엄마는 다시 치슬링에게 고개를 돌렸다.

"아, 당신이야말로 우라지게 남자다운 남자로군. 안 그래요? 영양 결핍으로 살이 안 찌는 가정부, 하루에 담배 두 갑씩 피워대는 골초, 한 손 없는 말라깽이를 강제로 납치한 것도 모자라서, 이젠 꼬맹이 두 명마저 잡아들이셨군! 와우! 열라 감동적이네! 당신이 잡아들인 사람들이 얼마나 대단한 사람들인지 보라구요!"

엄마는 어색한 남부 억양으로 말을 이었다.

"오, 당신은 정말 강한 사람이야. 바로 당신 말이야! 도대체 어떻게 이렇게 짐승처럼 난폭한 사람을 이길 수 있겠어? 생각만 해도 정말 짜릿해서 미치겠네!"

치슬링의 왼쪽 눈썹이 씰룩거렸다. 화가 치밀어 오르고 있다는 표시였다. 나는 엄마에게 속삭였다.

"그만 해요, 엄마!"

엄마는 이글거리는 눈으로 나를 째려보았다. 내가 치슬링의 편을 든다는 듯이 말이다. 세상에, 그런 바보 같은 짓을 하다니. 지금 엄마한테 무슨 말이든 들리겠어? 이런 상황은 엄마로선 소리 지르고 고함을 칠 구실을 찾기에 안성맞춤이었다.

"아니, 그만 하라는 말 하지 마! 나 지금 장난하는 거 아니니까! 난 저 사람이 우릴 마음대로 하려는 데 지쳤어. 단지 총을 가지고 있다는 이유로 저깟 인간이 뭐 그리 대단한 사람인 척하고 있다니. 참나, 엿이나 먹으라고 그래. 개뿔도 없는 주제에, 한심하게 고작 햄버거 따위로 우릴 매수하려 하다니! 아무 일도 없었다는 듯이 말이야! 오, 그래, 치슬링 씨, 며칠만 더 함께 지내보자구요. 그럼 우리 모두 공감하는 진실이 밝혀지겠지. 하하!"

엄마는 이제 치슬링과 얼굴을 맞대고 있었다. 엄마 입냄새가 장난이 아닐 텐데.

"자, 난 이제 우리가 버치헤드 요트 클럽의 끝내주는 화장실에서 일주일 동안 휴가를 즐길 수 있게 된 걸 영광으로 생각해요. 하지만, 이런 일을 기대했던 건 아니겠죠, 치스-을링 씨-이? 당신은 주차장을 지으려고 사람을 죽였어. 콘수엘라를 협박해서 건물에 불을 지르라고 했고. 그런데 우리가 당신이 꾸민 일을 모두 알게 되자, 당신은……

A)우리를 속여 이곳으로 오게 하고,

B)콘수엘라를 납치하고,

C)바이런의 머리를 쳐서 기절시킨 뒤 차 트렁크에 싣고 와서 역시 이곳에 내동댕이쳤지. 이게 바로 '서로 알고 있는 사건의 진실' 이고, 그깟 빅맥을 천 개쯤 먹여준다 해도 달라질 건 하나도 없단 말이지. 안 그래요, 여러분?"

사람들이 모두 고개를 끄덕였다.

"그게 싫다면, 지금 당장 우리 머리통을 날려버리든지! 쏴보시지, 치슬링 씨. 진짜 남자임을 보여봐! 당신은 총을 가지고 있잖아. 쏴보란 말이야!"

그 말이 떨어지자마자 사람들이 고갯짓을 멈췄다.

"앤디! 애-앤디!!!"

엄마가 지금 제정신이야? 갑자기 우리 모두 공포에 사로잡혔다. 만약 주변에 양말이라도 한 짝 있다면, 엄마의 거친 입에 양

말을 밀어 넣고 싶었다.

엄마는 여전히 고래고래 소리를 질렀고, 바이런은 그런 엄마를 붙잡으며 어떻게든 진정시키려 했고, 무슨 일이 벌어지고 있는지 모르는 콘수엘라는 "제발"이라는 말만 계속했다.

치슬링은 우리에게 겨눈 총을 이리저리 흔들고 있었다. 칸막이로 된 좁은 공간이 덜컹거리고 온갖 소리들이 천장에서 튕겨져 나오는 난리 속에서, 난 금방이라도 뭔가 끔찍한 일이 생길 것 같다는 생각이 들었다.

내 예감이 맞았다.

치슬링이 내 목을 잡더니 머리에 총을 겨누었다.

내 이럴 줄 알았지.

그 바람에 모두들 입을 다물었다.(안전을 위해 켄달이 손으로 엄마의 입을 막았다. 갑자기 엄마의 얼굴색이 하얗게 변했다.)

치슬링이 말했다.

"그래, 좋아. 점심 메뉴로… 뭘… 갖다 줄까? 콘수엘라? Que quieres para el almuerzo(어떤 걸 원해)?"

"타코벨 버거요."

"Está bien(좋아). 바이런, 자네는?"

"샐러드 큰 걸로, 올리브오일을 얹어서. 그리고 녹차."

"앤디, 당신은?"

켄달은 엄마가 대답할 수 있도록 입을 막았던 손을 아래로 내렸다.

"베이컨 치즈버거 큰 거에 감자튀김."

"빨간 얼굴 꼬마는 뭘 먹을래?"

"아, 저도 아줌마랑 같은 걸 먹는 게 좋겠어요."

"넌?"

총이 내 머리를 겨누고 있다는 사실에 입맛이 싹 달아났다.

"필요 없어요."

엄마가 켄달의 손을 치워내며 말했다.

"너도 뭐라도 먹어야지."

"배가 안 고파요."

"뭐라도 먹어야 해. 빼빼 마른 네 꼴을 좀 봐."

"제발 좀 그냥 놔두라고요! 배고프지 않다고요."

그때 치슬링이 끼어들었다.

"엄마가 시키는 대로 해라."

정말 골 때리는군. 한 사람은 내 머리에 총을 겨누고 있고, 또 한 사람은 "쏴 봐. 머리통을 날려보라구!" 하며 소릴 지르지 않나. 그러면서 두 사람 다 내 1일 영양소 섭취량을 채워주는 데만 관심이 있으니. 한편으론 이해가 안 되는 것도 아니었다. 어른들이 다 그렇지 뭐. 노화의 일정 시점에 이르면 다들 그렇게 아무 생각이 없어지는 건가?

"알았어요, 알았다고요. 나도 치즈버거 먹을게요."

내 말에 치슬링은 만족스러운 표정을 지었다. 그는 나를 바닥에 던지고는 밖으로 나갔다.

엄마는 그의 등 뒤에 대고 소리를 질렀다.

"콜라 제일 큰 거 하나 추가요."

엄마는 쾅쾅 문을 두드리기 시작했다.

"내 말 들은 거야? 내 말 들었냐고? 이 좀팽이 같은 놈아! 콜라도 같이 달란 말이야!!!"

치슬링이 뭐라고 구시렁대더니, 이내 쿵쾅거리며 우리 쪽으로 달려오는 발소리가 들렸다. 오, 이런. 안 돼. 이제 끝이다. 결국 엄마는 사고를 치고 말았다. 치슬링이 우리를 모두 죽일 거야.

잠시 후, 화장실 문이 다시 활짝 열렸다. 아툴라가 쓰러질 듯이 들어왔다.

불법 감금

::
정당한 이유 없이 사람을 가두는 행위
::

아툴라가 치킨샌드위치(마요네즈, 토마토, 고춧가루를 얹은)를 주문하자, 치슬링은 다시 밖으로 나갔다.

자기소개를 하고, 키스와 포옹을 나누고, 사과의 말을 하고 난 다음, 우리는 어떤 연유로 이 요트 클럽의 남자화장실에 모두 모이게 되었는지 알아내기 위해 머리를 맞댔다.

서로 알고 있는 사실을 하나씩 꿰어 맞추기엔 별로 시간이 많지 않았다. 엄마 말로는 치슬링이 먹을 것을 사 가지고 돌아오기까지는 늘 한 시간 반쯤 걸린다고 했다. 혹시라도 누가 의심할까 봐, 그는 시내로 차를 몰고 가서 각기 다른 식당에서 음식을 사 온다고 했다. 앞으로 우리를 어떻게 할 것인지에 대한 계획을 제외하곤, 모든 것이 이미 그가 계획한 대로라고 했다.

어쨌든, 어떻게 해서 우리가 이곳에 모두 모이게 되었는가 하는 문제로 돌아가자.

켄달과 나에 대해서는 이미 알고 있을 테니, 그 얘긴 다시 하지 않기로 하겠다. 다른 사람들의 사연들이 좀 더 복잡하게 얽혀 있으니까 말이지.

자백

::
자신의 죄를 시인하는 것
::

아툴라

"내 잘못이에요. 순전히 내 책임이에요. 인정하기 부끄럽지만, 사실이에요. 치슬링 씨가 그날 미팅에 앤디가 나오지 않았다는 전화를 했을 때, 난 앤디가 점점 더 무책임하게 일처리를 하고 있다고 생각했어요. 혹시 앤디한테 어떤 사정이 생긴 건 아닐까 하는 생각조차 하지 않았죠. 그때 난 너무 화가 난 나머지, 전화를 걸어 해명을 듣고 싶은 생각도 못 했어요. 오직 '내 중요한 친구'와의 약속을 펑크 낸 게 우리 법률사무소의 이미지에 나쁜 영향을 끼치지나 않을까 하는 걱정뿐이었죠. 앤디를 조금만 더 믿었더라면, 앤디한테 연락해볼 생각을 했을 테고, 앤디가 없어진 걸 알고 경찰에 신고했을 텐데. 그랬다면, 치슬링 씨가 이 사건의 배후에 있을 가능성을 눈치 챘을지도 모르죠."

"아니, 앤디. 그렇게 쉽게 날 용서하지 마. 내 행동은 생각한 것보다 훨씬 심했으니까. 난 예의를 갖춰 내 속마음을 설명하지 않고 당신을 해고했어. 그리고 또… 이 아이들까지… 내가 그 잘난 자존심만 부리지 않았더라면 이 아이들이 여기 끌려오지 않았을 텐데."

"미안하지만 그건 네가 틀렸단다, 시릴. 난 호의를 베풀려고 너희들을 이곳에 데려다준 게 아니란다. 너희들을 이곳으로 태워다준 건 (앤디한테는 거듭 미안한 얘기지만) 네 엄마를 더 이상 믿을 수 없어서였어. 엄마가 평생 너한테 헌신하며 산다고 생각할 수 없었지. 몇 주 안 되지만 어쨌든 일을 시켜보니, 네 엄마가 부모로서는 부적절한 사람이라는 결론이 나왔어. 너희들이 택시 운전사와 실랑이를 벌이고 있을 때, 정말이지, 내가 직접 너희들을 태워줄 수 있어서 얼마나 기뻤는지 모를 거야. '하나밖에 없는 아들을 돌보기는커녕, 텔레비전 앞에 앉아 하루 종일 담배나 피워대는 가엾은 앤디와 비교하면 난 참 대단한 사람이구나' 하는 생각이 들었지."

"앤디, 이런 얘기를 듣고도, 특히 우리가 처한 이런 상황에서, 그저 웃고 넘길 수 있다니, 나로선 정말 다행이야. 하지만 지금은 당신한테 줄 담배 한 가치도 없어. 솔직히 치슬링 씨가 유일하게 잘한 짓은, 여기 갇혀서 당신이 그 나쁜 습관을 버리게 만든……."

"자, 자! 그런 말은 그만 해, 앤디! 덕분에 내가 어디까지 말했는지 까먹었네…… 아, 그렇지. 상점 앞에서 이 녀석들을 태우고 왠지 빛나는 갑옷을 입은 기사가 된 기분에 잠시 짜릿한 감정을 느끼다가, 뭔가 의심쩍은 기분이 들기 시작했어. 난 스스로 물었어. 시릴이 도대체 저 많은 돈을 가지고 뭘 하려는 걸까?(우리 사무실에서 일하면서 그렇게 많이 벌진 못했을 텐데.) 왜 그렇게 버치헤드에 가지 못해 안달일까? 그리고 함께 있는 이 험상궂게 생긴 친구는 누구지? 다시 사과할게, 켄달. 너같이 귀엽고 사랑스러운 아이한테 그런 판단을 내려서 말이야."

"난 함께 하이킹을 해야 할 마땅한 이유가 떠오르지 않아서, 어쩔 수 없이 이 애들을 버치헤드 벌판에 외로이 남겨둘 수밖에 없었어. 난 썩 마음이 내키지 않는 상태로 다시 시내로 향했어. 이 애들한테 뭔가 안 좋은 일이 생길 것 같아서 텔레비전에서 본 것처럼 '미행'을 해볼까 싶기도 했지만, 왠지 양심의 가책이 느껴졌어. 내 고객들의 상당수가 근거 없는 의심으로 인해 불행한 삶을 살고 있거든. 그 사람들은 그저 지독하게 가난해서, 흑인이라서, 너무 늙어서, 또는 너무 어리다는 이유로 항상 제일 먼저 죄인 취급을 받고 있지."

"그러다 네 무전기를 발견했단다, 시릴. 내 차의 바닥에 있더구나. 난 이렇게 생각했지. '아하! 이게 단서로구나.' 너희들한테 되돌아가야 할 이유가 생긴 거지. 너한테 무전기를 돌려주려고 차를 돌려 다시 버치헤드로 달려온 거란다."

"너희들이 어디로 갔는지 감을 잡을 수 없었기 때문에, 난 너희들을 내려준 곳에 주차하고 요트 클럽으로 향하는 도로를 따라 내려갔어. 황량한 좁은 길을 혼자 걷자니 겁이 나서, 유일한 무기를 손에 꼭 쥐고 있었지. 네 무전기 말이야. 그러던 중, 갑자기 무전기에서 소리가 나더라구. 짐작이 가겠지만, 치슬링 씨의 목소리가 들리자 난 소스라치게 놀랐어. 점심 주문을 받는다는 말이 들렸지. 뭐라고, 시릴? …… 글쎄, 난 네 목소리가 들리기에, 네가 무전기를 끄는 걸 깜박했나 보다고 생각했는데."

"난 정말 안심이 됐어. 우여곡절 끝에 결국 너희들을 찾았잖아! 요트 클럽 쪽으로 달려 내려가니, 치슬링 씨의 초록색 자동차가 주차되어 있는 게 보였어. 난 당장 안으로 달려 들어갔지. 그때 앤디가 콜라를 달라며 소리를 지르고 있었는데, 때는 이미 늦었어. 치슬링 씨가 스카프로 날 옭아매고 팔을 붙잡아서 여기로 끌고 온 거야."

자백 II

콘수엘라(통역: 바이런)

"주인님은 내가 1만 달러를 훔쳤다고 말했어요. 하지만 난 훔치지 않았어요. 단돈 10달러도 훔치지 않았어요. 주인님은 증거가 있다면서 날 강제 추방하거나 감옥에 보낼 거라고 했어요. 그렇게 되면 내 아이들을 다시는 볼 수 없을 거라고 했죠."

"난 어떻게 해야 할지 몰랐어요. 누구에게도 말할 수 없었어요. 너무 창피하고 두려웠어요. 그런데 이민자 지원센터에서 과테말라에서 온 남자가 하는 말을 들었어요. 그는 변호사에게 말해보라고 했어요. 아툴라 말이에요. 그는 아툴라가 모든 이민자를 도와준다고 했어요. 비번인 날, 난 아툴라의 사무실을 찾아갔어요.

아툴라에게 모든 걸 털어놓으려고 했어요. 하루 종일 기다리다가 간신히 내 차례가 돌아왔을 때, 아툴라가 앤디의 아들에게 무슨 말을 했어요. 난 아툴라가 주인님의 이름을 말하는 걸 들었어요. 난 너무 겁이 나서 곧바로 사무실을 도망쳤고 다시 돌아가지 않았어요."

"다시 한 번 말하지만, 난 정말 어떻게 해야 할지 몰랐어요. 아무도 날 도울 수 없었어요. 주인님은 아주 중요한 사람이니까요. 여기 사는 사람들 모두가 주인님을 좋아해요. 이민자들도 모두 주인님이 자기들을 돌봐준다고 좋아해요. 주인님은 좋은 일을 많이 하고 있어요. 하지만, 아무도 날 좋아하는 사람은 없어요. 내가 돈을 훔치지 않았다고 해도 내 말을 믿을 사람은 아무도 없어요. 그렇게 훌륭한 사람이 나한테 건물에 불을 지르라고 시켰다고 말해봤자 아무도 믿지 않았을 거예요."

"난 정말 겁이 났어요. 그래서 시키는 대로 하겠다고 말했어요. 주인님은 낡고 텅 빈 건물일 뿐이고, 다치는 사람은 없을 거라고 했어요. 주인님은 핼리버튼 빌딩 바로 옆에 마약 제조 장비를 놓아두었어요. 사람들이 모두 퇴근한 후인 저녁 6시에 몰래 메이슨홀에 들어갔어요. 한밤이 되자 난 메이슨홀의 뒤쪽 창문으로 기어 올라갔어요. 주인님이 시키는 대로 말이에요. 난 마약 제조 장비를 벽 쪽에 놓아두었어요. 주변에 신문을 모아둔 다음, 그 위에 휘발유를 뿌렸어요. 성냥으로 불을 붙인 다음, 너무 무서워서 바로 도망쳤죠. 도망치면서 딱 한 번 뒤를 돌아봤는데, 바로 그때, 위층 창문에서 칼의 얼굴이 보였어요. 그는 물끄러미 날 보고만 있었죠."

"미안해요. 미안해요! 정말, 정말 미안해요! 난 그를 구하려고 노력했어요. 하지만 난 너무 작았고 불은 너무 컸어요."

자백 III

바이런

"칼은 내 오랜 친구예요. 예전엔 그렇게 나쁜 상태가 아니었는데, 정신분열증에 걸린 뒤로 상태가 악화되었죠. 하지만 어떻게 해볼 도리가 있나요? 아무리 마약을 한다 해도, 딱히 다른 사람들에게 피해를 주는 게 아니라면 강제로 마약을 빼앗을 순 없죠. 칼이 아무에게도 해를 안 끼치고 살아온 건 아니겠지만, 그래도 그는 꽤 순한 사람이었어요."

"그건 그렇고, 그날 밤 칼이 자주 가는 곳을 찾아다녔지만 어디서도 그의 모습이 보이지 않았어요. 좀 걱정이 되기 시작했어요. 최근 들어 그는 이상한 행동을 보이고 있었는데, 난 그가 다시 병원을 찾았나 보다고 생각했죠."

"자정이 막 지났을 무렵, 메이슨홀에 가봐야겠다는 생각이 들었어요. 혹시 그곳에서 잠을 자나 싶어서 말예요. 배링턴 거리의 모퉁이쯤 왔을 때, 연기가 피어오르는 게 보였어요. 오, 맙소사! 칼이 무슨 짓을 한 거지? 난 뒤쪽 창문을 깨고 안으로 들어갔죠."

"그때 콘수엘라가 보였어요. 콘수엘라는 위층에 있는 남자를 향해 스페인어로 뭐라 말하며 비명을 지르고 있었죠. 세상에, 그녀의 팔은 온통 불에 덴 상태였어요. 그녀는 어떻게든 위층으로 올라가려 했지만, 연기가 너무 자욱해서 바로 코앞에 있는 것도 잘 보이지 않았어요. 나도 칼을 소리쳐 불렀는데, 비로 그때 친정이 무너져 내리기 시작했어요. 그래서 난 필사적으로 콘수엘라를 끌어냈고, 그 직후에 모든 게 무너져 내렸죠."

"그녀의 팔을 보니 난리가 아니었어요. 내 팔도 마찬가지였지만, 우린 둘 다 병원에 갈 형편이 못 됐어요. 다행히 내 셔츠가 깨끗한 편이어서 다용도 칼로 셔츠를 찢어 붕대처럼 감았어요. 그때 사이렌 소리가 울렸는데, 아마 그때 칼을 바닥에 떨어뜨렸나

봐요. 그래서 경찰이 내 지문을 확보하게 된 거죠. 어쨌든, 난 콘수엘라를 데리고 나와 뒷골목을 통해 스프링가든 로드로 향했어요."

"콘수엘라는 발작 증세를 보이고 있었어요. 계속 비명을 지르며 자기 아이들을 찾았고, 칼과 어떤 사람의 이름을 불러댔어요. 그녀가 무슨 말을 하는지 정확히 알지는 못했지만, 난 누군가의 강요로 그녀가 이런 일을 저질렀다는 걸 알아챘죠. 난 그녀에게 도와주겠다고 약속했어요. 그녀에게서 전화번호를 받은 다음, 그녀에게 죽을힘을 다해 도망치라고 말했죠."

"난 며칠 동안 숨어 지냈어요. 어떻게 해야 할지 몰랐어요. 사람들은 그날 밤 내가 칼을 찾으러 메이슨홀에 간 걸 알고 있었어요. 그들 중 누군가가 방화범으로 날 지목할 수도 있었죠. 하지만 도체스터 교도소에 다시 갈 수는 없었어요. 거기서 얼마나 힘든 시간을 보냈는데……."

"마음속으론 이미 이곳을 뜰 생각을 하고 있었지만, 콘수엘라를 돕겠다고 한 말이 걸렸어요. 그렇지만 어떻게? 내가 아는 거라곤 법적인 도움을 받아야 한다는 것뿐이었는데, 난 변호사라면 질색이었죠. 변호사들이란 인간쓰레기나 다름없으니까요. 그런데 예전에 빈민연합 집회 때 우연히 봤던 앤디가 생각났어요. 그 당시엔 앤디가 날 발견하지 못한 걸 다행으로 알았죠. 이미 말했듯이 변호사들은 인간쓰레기라고 생각했기 때문에, 뜻밖에 앤디를 만났다고 해서 달라질 건 없었죠."

"그러던 차에 방화 사건이 일어난 거예요. 내가 할 수 있는 게 뭐가 있겠어요? 결국 앤디한테 기대볼 수밖에요. 하지만 앤디는 내가 주변에 얼쩡거리는 걸 싫어했어요. 콘수엘라에 대한 얘기를 건성으로만 들었죠. 특히 자기가 우상처럼 떠받드는 밥 치슬링을 헐뜯는 얘기는 한 마디도 들으려 하지 않았어요."

"앤니, 치슬링은 그런 놈이야. 이젠 확실히 알겠지? 그런 놈을 우상으로 떠받들다니…… 그대가 그랬잖아! 인정할 건 인정해!"

"알았어, 미안. 네 말이 맞다, 시릴. 지금 이런 걸로 왈가왈부해봐야 소용없지. 게다가 내 말이 다 맞는걸 뭐. 푸하하."

"이유야 어떻든 네 엄마가 기꺼이 도와주려 하지 않는 바람에, 난 어쩔 수 없이 강하게 나갈 수밖에 없었어. 그러기까지 한 달쯤 걸렸지만, 결국 네 엄마는 콘수엘라를 만났지. 그제야 콘수엘라 얘기에 관심을 보이더군. 네 엄마랑 헤어진 뒤 난 콘수엘라랑 점심을 먹으러 갔고, 점심을 먹은 다음 시뷰 공원 쪽으로 산책하러 갔어. 기분이 꽤 괜찮았지. 한 달 만에 누리는 자유 같은 느낌이랄까. 다섯 시나 다섯 시 반쯤 너희 집으로 돌아와서 짐을 꾸리고 있는데, 그때 문을 두드리는 소리가 났어. 문을 열어주자마자 난 정신을 잃었지. 아직도 어떤 녀석이 날 쳤는지 모르겠어."

자백 IV

앤디

"봤지, 시릴? 이래서 늘 네가 뭘 하는지 엄마가 지켜보고 있었던 거야. 어렸을 적에 한 번 인생이 꼬이면, 남은 일생 동안 내내 그 내기를 치르세……."

"아니, 널 임신한 것 때문에 엄마 인생이 꼬였단 얘기가 아니야. 그건 너도 알잖아! 내 말은, 엄마가 어렸을 때… 음… 교회에서… 그게… 우발적인 사건… 때문에 그랬다는 거야. 그건 됐고! 그 얘긴 그만 하자. 네가 궁금한 건 엄마가 여기에 어떻게 오게 되었는지……."

"바이런이 말한 것처럼, 그는 날 미행했지. 그래, 알았어. 그건 인정해. 그 당시엔 치슬링이 뭔가 나쁜 짓을 했단 사실을 곧이곧대로 받아들일 수 없었어. 결국, 얼마 안 돼 그 사실을 알게 됐지만……."

"그렇지 않다니깐!"

"저기… 미안한데… 제발 그 입 좀 닥쳐줄래? 슬슬 열 받기 직전이니까……."

"좋아. 나머지 얘길 듣고 싶다면, 바이런의 입을 다물게 해줘."

"젠장."

"정말이라니까. 바이런, 당신은 도대체 뭐가 그리 재미있는 거야. 이젠 안 그래! 보면 몰라? 으, 이런 젠장, 좀 닥치란 말이야!"

"좋아. 고맙군요, 쿠벨리어 씨. 어디까지 했더라? 아, 그렇지. 공갈범 바이런 선생께서는 날 협박하며 내 인생을 망치려 들었지. 그럼. 사실이고말고. 알겠어요, 여러분? 이 사람은 뭣도 아니라고요!"

"아무튼, 바이런이 하도 협박을 해대는 통에 결국엔 귀찮기도 하고 해서 콘수엘라를 만나러 갔지. 난 그녀의 얘기를 차분히 들어줬어. 하지만 여전히 바이런에 대한 의심을 풀진 않았지. 난 바이런을 믿을 수 없었어. 무슨 말이냐 하면, 콘수엘라가 진지하긴 했지만 제정신이 아닌 것 같아 보였다는 거야.(바이런, 이 말은 통역하지 말아줘. 알았지?) 그 당시엔 치슬링이 이민자들에게 어떤 해를 끼치고 있다고 믿기 어려운 상황이었어. 그가 얼마나 많은 시간을 이민자들을 돕는 데 투자했는데! 치슬링은 절대 그럴 사람이 아니라고 확신했기 때문에, 난 그걸 증명하기 위해 등기소에 가서 서류를 확인해보기로 했지."

"메이슨홀에 대한 금반언 사실을 확인하는 순간, 난 콘수엘라의 말이 진실임을 알았어. 그때 내가 얼마나 화가 났는지 너희는 모를 거야! 사회적 양심까지 가진 멋진 부자를 알게 됐다고 생각했는데, 결국엔 법대에 다닐 때 봤던 머저리 같은 녀석들과 쥐뿔도 다를 게 없는 사람으로 밝혀진 거지! 난 당장에라도 그 사람을 죽여버리고 싶은 심정이었어. 만날 하고 다니는 그의 200달러짜리 넥타이로 목을 졸라서 말이야. 그런데, 곰곰이 생각해보니 그건 별로 좋은 생각이 아니더라구…….”

"진정해! 그냥 농담일 뿐이야.”

"뭐, 어느 정도는…….”

"어쨌든, 마침 난 그날 이민자 지원센터 일로 치슬링과 만나기로 돼 있었어. 난 그한테 방화 사건에 관해 입도 뻥끗하지 않기로 했어. 난 내 일에만 집중하고, 그 일은 경찰에게 맡기면 되니까. 그래서 그를 만나러 갈 준비를 하면서 아무 일도 없었던 것처럼 마음을 진정시키려 했지.”

"우선 집으로 가서 냉장고 안에 서류들을 넣어놨어. 나더러 편집증환자라고 할지도 모르지만, 그때는 치슬링을 절대 믿을 수가 없었거든. 치슬링이 우리 집에 와서 샅샅이 뒤질지도 모른다는 생각이 들었어. 하지만 그래봤자 설마 냉장고 안까지 들여다보랴 싶었지.”

"난 숨을 크게 두 번 쉰 다음 미팅 장소로 갔어. 치슬링은 아가일 거리의 커피숍 앞으로 날 태우러 왔어. 평소처럼 말쑥한 차림

이더군. 평소처럼 '앤디, 당신한테서 좋은 향기가 나는군요. 신선한 공기를 마시는 것 같아요.' '와, 외투가 멋져요!' 뭐, 그 따위 역겨운 헛소리를 지껄였지. 난 그냥 가볍게 웃어주고 말았어."

"우린 차를 타고 이민자 지원센터로 향했어. 차 안에서 전부터 의논 중이던 새 이주민을 위한 보건실 설계도를 얘기할 때만 해도 별 문제가 없었어. 그런데 설계도를 집으려고 몸을 굽혔을 때, 그만 그걸 보고 만 거야. 또 다른 설계도가 있었어. 주차장 설계도 말이야! 무너진 메이슨홀 자리에 지을 주차장 설계도."

"그래, 나도 알아. 내가 멍청했지. 하지만 어쩔 수 없었어! 참을 수가 없었단 말이야. 치슬링은 이민자들의 처지에 깊은 관심을 가지며 온갖 좋은 일을 하는 사람처럼 행세하고 있었어. 뒤로는 칼이 불에 타 죽은 그곳에다 주차장을 지을 계획을 꾸미고 있으면서 말이지. 세상에, 그런 위선자가 어디 있냐고!"

"난 이렇게 말했어. '당신은 어떻게 그 잘난 자기 생각만 할 수가 있죠? 내가 당신이 저지른 짓을 모를 거 같아요? 목격자들이 수두룩하다고요!"

"알아, 안다고, 시릴! 내가 정말 바보였어. 원래 마음먹은 대로 입을 닫고 있어야 했다는 거 알아. 하지만 그럴 수 없었어. 치슬링이 말했어. '그게 무슨 말이죠? 당신이 무슨 말을 하는지 당최 알 수가 없군요.' 절대 결백하단 듯이 말이야."

"너무나도 뻔뻔해 보였어. 그때 난 너무 어이가 없어 제정신이 아니었지. 그런데 문득 자칫하면 사랑하는 내 아들 시릴을 다신 볼 수 없을지도 모른다는 걱정이 들기 시작하더라구. 난 내가 뱉은 말을 주워 담으려고 해봤어. 그런 의심을 해서 미안하다고, 아무래도 내가 뭘 오해한 것 같다고 했지. 그냥 헛소문일 뿐이라고, 요즘 너무 과로를 했더니 제정신이 아닌 것 같다고 말이야."

"치슬링은 가볍게 웃더니 내 다리를 토닥이면서 이해한다고 말했어. 자기도 요즘 너무 과로를 해서 피곤하다는 거야. 그러더니 갑자기 좋은 생각이 떠올랐다고 말했어. 오늘만큼은 센터 일을 잊고 드라이브를 가면 어떻겠냐는 거야. 근교에 개인 별장이 있는데 경치가 정말 끝내준다는 거야. 거길 가면 별천지를 보게 될 거라나 뭐라나."

"정말 어이가 없었어. 하지만 그의 기분을 상하게 할 순 없어서

장단을 맞춰주기로 했지. 난 알겠다고 말하곤 카폰을 좀 써도 되겠냐고, 아들한테 좀 늦는다고 알려줘야겠다고 했어. 나한테 딸린 애가 있는 걸 알면 함부로 대하지 않을 것 같아서였지."

"어쨌든, 그렇게 해서 카폰으로 너한테 그런 닭살 돋는 메시지를 남긴 거야. '허니', '내 사랑' 같은 말을 들으면 넌 분명 뭔가 이상하다고 느낄 테니까 말이야. 난 카폰 전화번호를 알려주면 네가 연락할 수 있을 거라고 생각했는데, 그때 갑자기 전화가 끊어졌지 뭐야. 난 속으로 무척 당황했지만, 치슬링은 그냥 이렇게 말했어. '오, 이런, 빌어먹을 전화기 같으니라고. 빨리 고쳐야겠군.'"

"그래, 맞아. 너한테 날 찾을 방법을 얘기하기 직전에 그가 어떤 버튼을 누른 거야. 그게 그의 수법이지. 내가 누구랑 있는지 아무도 모르게 하려는. 난 침착해지려고 애썼어. 난 네가 뭔가 잘못되었단 걸 알아차리고 아툴라한테 전화를 걸 거라고 생각했어. 아툴라라면 내가 숨겨놓은 서류를 보고 어떻게 해야 할지 알 사람이거든. 내 말은, 난 결코 네가 직접 나서서 문제를 해결할 거라고 기대하지 않았단 거야, 이 바보 같은 녀석아! 이젠 마음 놓고 너한테 키스할 수 있으니 다행이지만 말이야. 알겠니?"

"알았어, 알았다고, 시릴. 참나. 네 얼굴에 엄마가 침 범벅을 만드는 게 싫으면, 엄마를 찾으려고 그렇게 무모하게 나서진 말았어야지."

"어쨌든 시내를 벗어난 지 2분쯤 지나서 연료 경고음이 들리기 시작했어. 그런데도 치슬링은 멈추질 않았어. 내가 자기 차를 타고 있는 모습을 주유소 직원이 보면 나중에 경찰에 제보라도 할까 봐 그런 것 같았어. 하지만 연료 경고음이 계속 울리다 갑자기 시동이 꺼지는 바람에, 여차여차해서 결국 간신히 셀프 주유소에 들어가게 됐지. 그는 좀처럼 땀을 흘리는 타입이 아니지만, 그땐 땀을 흘리고 있더라구. 오히려 그 사실이 날 더욱 두렵게 만들었어. 그의 눈썹에 대롱대롱 매달린 땀방울들이 말이야."

"그때 바로 도망쳤어야 했는데, 그러지 못했어. 왜 그랬는지 나도 잘 모르겠어. 그냥 두렵기만 했던 것 같아. 아니면, 콘수엘라의 말이 거짓으로 드러날 경우 내가 형편없는 멍청이가 될까 봐 걱정했는지도 모르지. 이유야 어떻든, 난 도망치지 못했어. 내가 할 수 있는 거라곤 치슬링이 주유를 하는 동안 내 열쇠고리에 메모를 남기곤 땅바닥에 슬쩍 떨어뜨려놓는 것뿐이었지. 열쇠고리가 그렇게 빨리 너한테 전달될 줄은 몰랐어. 난 그저 혹시 나한테 무슨 일이 생기더라도 엄마는 널 사랑한다는 말을 전하고 싶었을 뿐이야. 그 말을 듣고 네가 '토할 것 같은 표정'을 짓는다 하더라도 말이지."

"아무튼, 치슬링은 그때까지도 경치 좋은 근교를 드라이브하는 것처럼 행동하고 있었어. 그런데 버치헤드 요트 클럽에 도착하자마자 다짜고짜 날 발로 차서 남자화장실로 밀어 넣더니 문을 잠가버렸지. 몇 시간 뒤에는 콘수엘라와 바이런이 함께 잡혀 왔고. 콘수엘라를 진정시키는 데 이틀이나 걸렸어. 그녀는 바이런한테 얘기한 걸 후회하고 있었지. 하지만 그게 콘수엘라의 잘못은 아니잖아. 이 모든 게 치슬링이 그녀를 협박해서 생긴 일이니까 말이야."

"나도 처음엔 너무나 두려웠어. 하지만 잡혀 온 첫날 치슬링이 우릴 죽이지 않은 걸 보고, 앞으로도 우릴 죽이진 못하겠다는 생각이 들었지. 난 나 자신에게 말했어. 믿음을 가지라고 말이야. 시릴이 아툴라한테 이 사실을 알릴 거고, 아툴라는 경찰에 신고할 거고, 결국 경찰이 치슬링을 잡으러 올 테니까. 그때까지 버틸 수 있을 거란 생각이 들었어. 잠깐이라도 치슬링이 우릴 이겼다고 생각하게 놔두는 건 도저히 참을 수 없었지만 말이야."

"난 그동안 치슬링을 존경하던 마음을 싹 거뒀어. 티끌만큼도 안 남겨두고 말이야. 이젠 그를 인간으로도 안 봐. 쓰레기니까. 결국 치슬링은 우릴 풀어주게 될 거야. 왜냐면 그가 겁쟁이이기 때문이지. 병신!"

뇌물수수

::
타인의 행동에 영향을 끼치려고 상당한 보상을 주거나 받는 행위
::

"그래서 이제 어떻게 하면 되는 거예요?" 내가 말했다.

"어쩌긴 뭘 어째?" 엄마가 말했다.

엄마는 가끔씩 이렇게 날 미치게 만든다.

나는 눈을 부라리며 말했다.

"나 참. 엄마, 미치광이 살인마가 우릴 가둬놓았나고요. 무슨 말인지 몰라요?"

그때 아툴라가 끼어들었다.

"시릴, 그렇게 비꼬아봐야 좋을 거 하나 없잖니."

엄마는 마치 '초딩'처럼 나를 향해 혀를 내밀어 보였다.

"그렇지만 네가 지금 필요한 얘길 꺼낸 건 맞구나."

나도 엄마를 향해 혀를 쑥 내밀며 주먹을 쥐고 허공을 향해 올렸다 내렸다 했다.

"이제 우린 어떻게 하죠?"

바이런이 대답했다.

"내가 관찰해본 결과, 우리가 할 수 있는 일이 몇 가지 있어요. 첫째, 문 밖으로 걸어 나간다. 그렇게 해봤죠. 하지만 문은 잠겨 있고, 앤디가 갖고 있던 족집게로도 꿈쩍 안 했어요.

둘째, 창문으로 기어 나간다. 그것도 해봤죠. 창문 역시 잠겨 있고, 바깥쪽에 목재가 덧대어져 있더군요.

셋째, 폐가 찢어질 정도로 큰 소리를 질러 근처의 사냥꾼들이 들을 수 있게 한다. 우린 그것도 해봤죠. 앤디는 소릴 지르는 걸 즐기는 것 같았지만, 결국 내 목만 붓고 말았죠."

넷째, 우리 모두 우르르 몰려가서 치슬링을 덮친다. 그 방법은 아직 쓰지 않았죠. 치슬링은 총을 갖고 있지만 우리에겐 총이 없으니까요. 이상 우리가 선택할 수 있는 방법들이랍니다."

나는 돌아버릴 것 같은 기분이었다.

"말도 안 돼요! 다른 방법이 있다고요!"

"그래? 그게 뭔데?"

바이런의 물음에 나는 최대한 생각을 짜내듯 말했다.

"그게… 문을 발로 차서 부수는 거예요!"

"오, 이를 어째. 그것도 벌써 해봤지. 저기 움푹 들어간 자국이 왜 생겼게?"

"알았어요… 알았다고요! 음, 그럼… 하수구는 어때요! 변기를 뜯어내면 밖으로 빠져나갈 수 있지 않을까요?"

그러자 엄마는 "네가 앞장 서, 시릴!" 하고 말하더니 늙은 주정 뱅이처럼 껄껄대며 웃기 시작했다. 난 단지 그런 방법도 있다는 걸 말해봤을 뿐인데 말이다.

바이런이 말했다.

"네가 오래 숨을 참을 수 있다 쳐도, 하수관은 생각만큼 넓지 않아. 넌 하수관을 본 적 없지?"

왜 그렇게 부정적으로만 생각하냐고 따지려는데 켄달이 나한테 몸을 굽히며 속삭였다.

"바이런 말이 맞아."

"그렇다면, 좋아요. 그럼 우린 이제 어쩌죠? 그냥 여기 눌러 앉아서 지슬링이 잔뜩 열 받아 끔찍한 짓을 하는 걸 잠자코 보고만 있자는 건가요?"

나는 어떤 대답이든 듣고 싶었다.

바이런이 벌떡 일어서더니 입을 열었다.

"맞는 말이야. 우리가 그냥 눌러 앉아 있을 거라는 말만 빼고."

바이런은 사람들에게 '에어로빅 수업'을 받을 시간이 되었다는 사실을 일깨워주었다(여러분이 이 말을 믿을지 모르겠지만). 마치 좁은 화장실에 갇힌 여섯 명의 사람들에게 땀을 흘릴 기회를 제공

하는 게 괜찮은 생각이라는 듯이.

나는 엄마가 에어로빅 수업을 받을 마음이 없다는 걸 알고 있었다. 엄마가 하는 운동이라곤 탁자 위의 재떨이를 집기 위해 몸을 뻗는 일뿐이니까. 그런데 갑자기 엄마가 내 팔을 움켜잡더니 이렇게 말했다.

"일어나, 시릴! 그만 끙끙대고! 바이런 말이 맞아. 감옥 생활을 해본 사람은 바이런밖에 없잖아. 이렇게 갇힌 상황에서 살아남는 법을 아는 사람이라구. 우리 모두 치슬링이 포기할 때까지 온전하게 살아 있길 원한다면, 꾸준히 운동하면서 각자 건강을 챙기고 몸과 마음을 강하게 유지해야 해!"

또 한 번 엄마의 몸에 귀신이라도 씐 것 같았지만, 이번엔 자못 진지해 보였다. 내가 뭐라 해도 소용이 없을 듯했다. 나는 자리에서 일어나 바이런의 엉거주춤한 스트레칭 동작을 따라 했다. 그나마 참고 스트레칭을 계속할 수 있었던 건 다리를 꼴 때마다 '어쩔 수 없이' 엄마 엉덩이를 걷어차게 된다는 것 때문이었다. 왠지 복수를 하는 것 같아 기분이 좋았다. 하지만 그렇다고 앞으로 어떤 일이 벌어질지 까맣게 잊을 만큼 좋은 건 아니었다. 아무리 열심히 몸을 움직이며 숨을 헐떡여도 치슬링이 다시 돌아와 우릴 해치울 거란 생각을 떨칠 수 없었다. 치슬링이 지금 이 순간, 밖에서 요트 클럽 주위에 석유를 붓고 성냥불을 붙이는 모습이 떠올랐다.

그런다고 그를 탓할 수 있겠어? 그가 달리 할 수 있는 일이 뭔데? 입을 열지 않는 조건으로 뇌물을 주는 것도 거부하고 협박도 통하지 않는 엄마. 치슬링이 엄마를 없앨 작정이라면, 남은 사람들도 모두 없애야 할 거다. 우리가 사라진 걸 누군가 알기 전에 해치우는 게 더 좋겠지. 내가 그라고 해도 당연히 그럴 거다.

밖에서 점점 가까이 들려오는 차 소리를 듣고, 내 온몸이 딱딱하게 굳어버렸다. 총을 가진 남자가 다가오는 소리가 들리는데 어떻게 몸이 굳지 않을 수 있을까.

엄마도 차 소리를 들었지만, 그저 웃으면서 말했다.

"점심 왔다!"

그때 엄마의 모습은 수업 끝을 알리는 종소리가 울리자마자 군것질하러 쏜살같이 매점으로 달려가는 학생 같았다.

통풍구 앞에서 차례를 기다리고 있는데, 엄마가 날 쿡 찌르며 말했다.

"엄마가 네 점심거리를 주문해줬는데 하나도 기쁘지 않니?"

나는 예의상 웃어주었다. 그때 이런 생각이 들었다. 아, 이제 끝이구나. 그래도 한 자리에 모여서 죽겠구나. 숲속에서 곰에게 물려죽거나, 여기서 엄마 혼자 외롭게 죽은 걸 내가 까맣게 모른 채 사는 것보단 차라리 낫지 않을까.

나는 화장실 안을 둘러보았다. 켄달은 바닥에 털썩 앉은 채, 생전처음 보는 것처럼 자기 손톱을 뚫어지게 살피고 있었다. 이런 상황이라면 그럴 만도 하지. 아무 상관도 없는 켄달을 이 일에 끌어들인 게 정말 미안했다. 그는 평소처럼 날 도와주려고 했을 뿐인데.

그리고 아툴라. 그녀가 이곳에 온 것 역시 내 멍청한 실수 때문이다. 내가 거짓말을 그럴싸하게 둘러댔어야 하는데, 멍청한 이유를 대는 바람에 그녀는 우릴 버치헤드에 내려놓기만 할 수 없었다. 차멀미가 난다거나, 집에 오븐을 안 끄고 왔다거나, 혹은 병원에 예약이 되어 있다는 이유로 차에 안 탈 수도 있었는데.

엄마와 내가 같이 죽게 된다면 큰일이다. 그래도 세상은 돌아가겠지. 우리 가족은 달랑 둘뿐이니까. 누가 신경이나 쓰겠어? 하지만 켄달이나 아툴라에게 무슨 일이라도 생기면, 엄청나게 많은 사람들이 슬퍼하겠지. 켄달에겐 어린 여동생과 아빠, 엄마가 있다. 게다가 메리 맥아이작까지. 아툴라에겐 아들과 부모님, 그리고 토비와 마지 부인, 루카스 씨, 엘모어 히멜먼, 달린과 프레디 커플까지. 사람들에겐 그녀가 필요하다. 콘수엘라는 고향인 멕시코에 아이들이 있다. 바이런에겐 어떤 가족이 있는지 잘 모르겠지만, 뭐 그건 상관없다. 그동안 우리한테 가족 노릇을 할 만큼 했으니까.

기분이 정말 더러웠다. 이제껏 살면서 이렇게 더러운 기분은 처음이었다.

"눈에 뭐가 들어갔니?"

엄마가 물었다.

"아뇨, 화장실 소독약이 들어갔나 봐요."

그때 불쑥 화장실 문이 열리더니 치슬링이 상자 하나를 밀어 넣었다. 그는 여전히 총을 겨누고 있었다.

"여기 있소. 녹차는 없다기에 다른 음료를 사 왔지."

엄마는 상자를 집어 들고 사람들에게 음식을 나눠 주기 시작했다.

"젠장, 왜 이렇게 차가워!"

엄마가 신경질을 냈다.

"도대체 밖에서 뭘 하고 있었던 거야? 드라이브라도 슬기셨나?"

엄마는 치슬링에게 한심하다는 표정을 지어 보이곤 다시 점심을 나눠 주었다.

엄마는 마지막 남은 갈색 봉투를 열고 누구의 것인지 살폈다. 내겐 엄마의 뒤통수만 보였지만, 곧바로 뭔가 잘못되었음을 알 수 있었다.

"우라질, 이게 뭐야?"

그 순간 처음으로 든 생각은 '치슬링이 엄마의 햄버거 속에 죽은 쥐라도 넣었나'였다.

엄마는 벌떡 일어서더니 치슬링의 면전에서 봉투를 흔들기 시작했다. 엄마는 잔뜩 화가 나 있었다.

"대체 이게 뭐냐고요?"

치슬링은 침착해지려고 애썼다.

"이게 내 마지막 배려요, 앤디. 보이는 그대로지. 10만 달러. 가지든지 버리든지, 그건 당신 선택에 달렸소."

10만 달러.

10만 달러, 그것도 현금으로.

생각만 해도 기뻤다.

생각만 해도 기운이 넘쳤다.

치슬링은 총을 치우고 우리에게 돈다발을 하나씩 건네주더니 집으로 가도 좋다고 했다. 몸이 가벼워지는 걸 느꼈다. 어차피 난 몸무게가 얼마 안 나가지만. 남자화장실 안을 둥둥 떠다니는 듯한 느낌이랄까. 마치 우주선에 탄 우주비행사처럼.

돈 많은 우주비행사.

새로 산 스케이트보드와 유명 메이커 옷을 입고 지구로 돌아가는 우주비행사.

하지만 엄마는 순식간에 우주선을 박살내버렸다.

"여기에 그놈의 선택이란 건 없어요, 치슬링 씨. 당신은 사람을 죽게 했어. 우리 머릿속에서 그 사실을 지울 순 없단 말이야."

엄마는 치슬링을 향해 돈뭉치를 던졌다. 지폐 대부분이 그의 머리에 맞았지만, 몇 장은 뭉치에서 떨어져 나와 발레리나처럼 잠시 허공에서 펄럭거렸다.

치슬링은 돈뭉치를 확 쳐내더니 당장 죽이기라도 할 기세로 엄마를 노려보았다.

엄마도 똑같이 그를 노려보았다.

원칙적으로 말하면, 그 모습을 보고 난 뿌듯해했어야 했다. 알다시피, 엄마는 항상 정의의 편에 서 있는 사람이니까 말이지. 하지만 사실대로 털어놓자면, 누군가 나서서 이렇게 말해주길 바랄 뿐이었다.

"워~워. 잠깐만, 앤디. 치슬링 씨의 말도 일리가 있잖아."

나는 사방을 둘러보았다. 바이런은 예전에 누군가(그 사람이 누군지 여러분은 알지?)를 돕다가 대신 감옥에 간 사람이다. 아툴라는 스스로 변호할 수 없는 사람들을 도와주는 변호사다. 콘수엘라는 칼이 죽는 것을 보았고, 이 일을 바로잡을 수만 있다면 무슨 짓이든 할 사람이다. 나는 이 사람들을 제외시켰다.

이제 기대를 걸 만한 사람은 켄달뿐이었다. 켄달이 무슨 말이든 해줄 거야. 하지만 그는 고개를 꼿꼿이 세운 채 마치 잔 다르

크라도 보는 듯 엄마를 바라보고 있었다. 그도 다른 사람들과 같은 생각인 게 분명했다.

이제 나만 남았다. 하지만 내가 말 한 마디라도 하면 엄마는 날 죽이려 들 거다. 그보단 치슬링 손에 죽는 게 낫지. 최소한 영웅 대접은 받을 테니까. 겁쟁이로 죽을 것인가, 영웅으로 죽을 것인가? 솔직히 말하면, 둘 다 관심 없었다.

난 살고 싶었다.

난 스케이트보드를 타고 싶었다.

난 최소한 한 번이라도 여자와 키스를 해보고 싶었다.

난 성룡 주연의 새 영화를 보고 싶었다.

난 키가 180센티미터가 될 때까지는 살고 싶었다.

그게 아니면 170, 165, 아니 뭐 160센티미터라도 상관없다.

난 그저 살고 싶을 뿐이었다.

"좋아!"

치슬링의 말이 떨어지자마자, 난 그가 당장 우리들을 벽 쪽에 한 줄로 세운 다음 총을 쏠 거라고 생각했다. 하지만 그는 이렇게 말했다.

"침실이 세 개 딸린 핼리버튼 콘도 한 채씩을 주지. 이게 내 마지막 제안이야."

엄마는 그를 향해 두어 걸음 가더니 이렇게 말했다.

"닥…쳐!"

치슬링의 얼굴이 자줏빛으로 변했다. 그의 손가락이 방아쇠를 만지고 있었다. 그는 갑자기 넥타이가 너무 조이는 것 같은지 목을 앞뒤로 움직였다.

나는 기도문 한 줄도 모르고, 또 누구한테 기도해야 할지도 몰랐다. 그래서 다른 생각을 떠올렸다.

"저… 치슬링 씨?"

그가 고개를 돌려 나를 노려봤다.

"뭐야?"

나는 태연히 말했다.

"손에 땀이 나서요. 케첩 포장을 뜯을 수가 없어요."

나는 케첩을 손에 들고 그의 도움을 기다렸다. 이윽고 그가 내 쪽으로 걸어왔다. 결국 그도 누군가의 아빠였다. 아이들을 위해 케첩 포장을 뜯는 일 따위는 어찌 보면 아빠들의 본능인 듯하다.

그가 공격 범위 안에 들어오자마자, 난 최대한 세게 케첩을 짜눌렀다. 그가 입고 있던 회색 양복 여기저기에 케첩이 튀었다.

그는 어쩔 줄 몰라 펄쩍펄쩍 뛰면서 이렇게 말했다.

"엇… 프… 내 프라다 양복!"

그가 엉망이 된 양복을 내려다볼 때, 그를 향해 달려들었다. 내가 비버 같은 송곳니로 그의 손을 깨물자 총이 허공으로 날아갔다. 엄마가 총을 향해 달려들었다. 치슬링이 엄마를 붙잡으려 했지만, 콘수엘라가 먹고 있던 초강력 매운맛 타코 소스를 그의 눈에 뿌렸다. 켄달은 스케이트보드를 탈 때 곧잘 보여주는 킥플립 기술로 그를 찍어 눌렀다.

치슬링이 볼링 핀처럼 바닥에 쓰러졌다. 바이런이 무릎으로 그의 머리에 최후의 일격을 가하자, 우리 모두 으~ 하는 표정으로 움찔하며 물러섰다.

우리는 허무하게 무너져 내린 그의 몸뚱이를 잠시 동안 멍하니 내려다보았다. 그러자 갑자기 겁이 났다. 죽었다고 생각한 악당이 갑자기 살아나서 덤벼드는 모습을 영화에서 너무 많이 봐서 그런가 보다.

하지만 치슬링은 갑자기 정신을 차리진 못했다. 다시 제정신으로 돌아온 사람들이 소리를 지르기 시작했다.

"빨리! 빨리! 도망쳐! 가라고! 가!"

나는 치슬링의 주머니에서 열쇠를 꺼냈고, 켄달은 아툴라의 스카프로 그의 팔을 꽁꽁 묶었다.

우리가 화장실 문을 잠그고 돌아설 때 치슬링의 끙 하는 신음 소리가 들렸다.

우리는 그곳을 도망쳤다. 돈은 한 푼도 챙기지 않았다. 우리는 그저 죽어라 달렸다. 마치 금메달을 목에 걸기 위해 달리는 육상

선수처럼.

우리는 치슬링의 커다란 초록색 BMW에 포개지듯 올라탔고, 엄마는 시속 130킬로미터의 속력으로 핼리팩스 경찰서로 차를 몰았다.

내 인생에서 그토록 행복했던 날은 없었다.

고소

::

죄를 지은 사람의 책임을 묻는 일. 어렵게 말하면, 범죄의 피해자나 다른 고소권자가 범죄 사실을 수사기관에 신고하여 그 수사와 범인의 기소를 요구하는 일.

::

협박.

방화.

살인.

납치.

폭행.

강제 억류.

불법 무기 소지.

뇌물수수.

치슬링에게 적용된 죄목들이다. 그의 죄를 증명하는 데 더 이상의 죄목이 필요할까.

하지만 그게 그렇게 단순한 일은 아니다.

'메이슨홀 방화 사건'에 관한 기사가 온갖 신문에 도배되듯 실렸고, 한동안 밥 치슬링에겐 빠져나갈 구멍이 없는 듯 보였다. 하지만 그후 치슬링이 토론토에서 온 고액 변호사를 고용했기 때문에, 이젠 나도 일이 어떻게 전개될지 알 수 없다.

이 사건이 종료되려면 몇 년이 걸릴 거다. 그사이 치슬링이 킬러를 고용해 우릴 암살할 계획을 세울지도 모른다.

치슬링의 변호사는 뉴스에 출연해서 이렇게 말했다.

"치슬링 씨는 이번 일로 법정에 나가게 된 것을 매우 걱정하고 있습니다. 사건의 전말이 알려지면 그의 무죄를 입증할 수 있을 것으로 확신합니다. 그는 하루속히 이 악몽이 해결되어 그에게 가장 중요한 일에 헌신할 수 있기를 기대하고 있습니다. 사랑하는 가족과 사회에 대한 봉사 말입니다."

그런 뉴스를 들을 때마다 그저 구역질만 났다. 사건의 전말이 뭔데?

우리가 치슬링의 소유지에 무단침입 했다는 것?

그러니 정당방위였다는 거야?

일시적 정신장애?

신원 오인?

그때 그가 몽유병이라도 앓고 있었다는 거야 뭐야?

그냥 하는 말이 아니다. 실제로 이미 재판이 열렸다. 멍청한 변호사들이 죄를 면하기 위해 무슨 짓을 했는지 아마 믿지 못할 거다. 미국에서 트윙키라는 케이크를 너무 많이 먹어 사이코가 되었다고 주장한 사람의 얘기도 있었다. 그 사람은 사람을 죽인 게 자기 잘못이 아니라고 배심원들을 설득했다. 트윙키를 너무 먹어서 그랬다는 거지.

농담 아님. 인터넷에서 '트윙키 변호'를 쳐보시라.

나는 치슬링의 변호사가 그를 위해 무엇을 요리하고 있을지 상상이 갔다. 전과자인 바이런에게 죄를 뒤집어씌우기? 그의 지문이 찍힌 다용도 칼이 현장에서 발견되었고, 그날 밤 그가 메이슨 홀로 가는 걸 본 목격자들이 수두룩하단 말이지. 먹혀들 수도 있겠네.

콘수엘라에게 누명을 씌우는 건 어떨까? 누가 알아? 치슬링이 적반하장으로 맞불 공격을 할지. 자기한테 불을 지르라고 협박한 사람은 사실 콘수엘라라고 증언하면 그만이지.

그것도 아니라면, 치슬링이 '법의 선처'를 구할지도 모른다. 변호사들은 시종일관 사죄의 목소리를 내면서 치슬링이 엄청난 자금 압박을 받고 있는 상태였다고 변호할 테지. 치슬링은 자기가 잠깐 정신이 나갔었다고 인정하면서, 어느 누가 그런 상황에서 그렇게 되지 않겠냐고 변호할 거다. 그 많은 종업원들과 세 명이나 되는 자녀, 아내, 그리고 몰릴 대로 몰려든 자원봉사자들은 누가 책임질 거냐고. 변호사는 이렇게 말하겠지. 치슬링은 절대 누군가를 해칠 의도가 없었다고. 그는 그저 건물을 허물고 싶었을 뿐이라고. 건물은 3년 동안이나 비어 있는 상태인 데다, 문화유산 보호니 뭐니 하는 법만 아니었다면 진즉에 허물어졌을 건물이라고. 그는 또 이렇게 말할 게 분명하다. 그 건물은 눈엣가시와 같아서, 많은 시민들이 볼썽사나운 낡은 벽돌 더미를 없애줘서 고맙다며 보낸 편지에 일일이 답장을 해야 할 판이라고 말이지.

치슬링이 여섯 명을 감금했던 것만큼은 사실이다. 그래도 치슬링한테 점수를 좀 줘야지! 적어도 잘 먹이긴 했으니까(심지어 그는 영수증을 보이기까지 했다).

난 잘 모르겠다. 변호사를 제대로 골랐다면 밥 치슬링은 무죄로 풀려날 수도 있다. 그것보다 더한 일도 많았는데 뭐.

우리는 그저 잠자코 기다려야만 할 것 같다.

그때까지 우리의 일상은 나쁘지 않을 것 같다. 우린 이곳에서 대단한 영웅 대접을 받고 있다. 어느 영화사는 엄마에게 큰돈을 주겠다면서 엄마의 인생을 토대로 영화를 만들자고 제안하기도 했다. 치슬링에겐 푼돈에 불과하겠지만, 엄마의 중고차를 사고 내 스케이트보드를 새로 사고 켄달의 앞니를 해주기엔 충분한 돈이었다.

엄마와 아툴라는 다시 업무로 복귀해서 '바르마-매킨타이어 법률사무소'를 열었다. 두 사람은 콘수엘라가 방화 혐의로 국외로 추방되는 걸 막으려고 상당한 시간을 소비했다. 무척 부담이 되는 일이었지만, 다행히 결과는 좋았다. 두 사람 다 변호사니까. 모든 부담이 해소되기 전까지 두 사람은 즐길 여유가 없었다.

바이런은 보호시설에서 월급 받는 일을 시작했고 진짜 여자친구도 생겼다. 모든 일이 끝나고 난 뒤에 느낀 희한한 건, 바이런의 다른 여자친구 얘기를 들었을 때 내가 정말 기뻤는지 확신할 수 없었다는 거다. 엄마와 바이런은 뒤틀린 듯한 관계이긴 했어도 꽤나 괜찮은 커플이었는데 말이지. 최소한 그는 엄마를 쉬지 않고 움직이게 만들었잖아. 설령 그가 내 아빠라 하더라도 더 이상은 그렇게 화가 날 것 같지 않았다. 물론 바이런은 내 아빠가 아니었다. 그의 팔에 C.C.라고 새겨진 문신은 자기 아버지의 이름을 딴 거였다. 클라이드 쿠벨리어. 아 참, 난 그 교활해 보이는 턱수염이 유전될까 봐 걱정하지 않아도 되었다.

켄달은 여전히 켄달 그대로다. 그는 치슬링을 잡는 데 자기는 아무것도 한 게 없는 것처럼 행동하고 있다. 그저 나를 따라서 하이킹을 다녀왔을 뿐인 것처럼. 그는 항상 별일 아니라며 어깨를 으쓱하곤 했는데, 그가 움직이는 곳마다 무리를 지어 따라다니는 끝내주는 여자애들이 있는데도 그런 식이었다. "아, 걔들? 원래 여기 죽치고 있는 애들이야. 그냥 꼬맹이들이 스케이트보드 타는 걸 구경하는 애들인데 뭐." 그래, 그럴 테지. 그런데 왜 걔들은 침이나 뚝뚝 흘리는 꼬맹이들은 안 쳐다보는데?

난 어떠냐고? 난 다시 학교에 다니고 있다. 스케이트보드도 타고. 그리고 메리 맥아이작이 내 이름을 기억하게 되었다는 사실이 너무 좋다.

작가의 말

법 얘기만 들으면 하품이 나온다고?

작가와 법은 서로 상극인 것처럼 보이지만, 나는 법과 유독 인연이 깊다. 나의 형제자매는 모두 변호사가 되었다. 나도 변호사인 남편과 결혼했다. 나는 시간 날 때마다 TV 드라마 시리즈 〈법과 질서(Law & Order)〉를 즐겨 보고, 탁월한(?) 주차위반 단속제도 때문에 주기적으로 핼리팩스 경찰서를 방문하곤 한다.

나는 어느 정도 이 소설의 주인공 시릴과 비슷한 편이다. 열 살 때부터 법대를 드나들었던 시릴과 마찬가지로 오랜 시간, 언저리에서 법조계를 지켜봤다. 그 세상은 종종 너무나도 매력적이다. 가끔은 믿지 못할 만큼 지루하기도 하지만(시릴이 말한 것처럼 수학 강의보다도 형편없다). 그렇지만 난 어떻게 해서든 변호사들 주변을 얼쩡거리며 법이 현실생활에서 어떻게 적용되는지 대략적인 것들이라도 알려고 애썼다. 그 결과물이 바로 이 소설에 담겨 있다.

법 얘기만 들으면 머리가 지끈지끈거리고, 하품이 나온다고?

물론 여러분만 그런 건 아니다. 나도 예전엔 그랬으니까. 하지만 머리 아파 죽을 정도는 아니니까 너무 겁먹을 필요는 없다.

법을 알아두면 사는 데 도움이 될 때가 많다. 돈을 벌게 해주진 못하더라도, 최소한 범죄자가 되지 않게 도와줄 수는 있다. 소설 속에 나오듯이, 남의 우편물을 무단으로 뜯으면 형사법상 범죄로 처벌받을 수 있다. 또 자녀를 방치하고 돌보지 않는 부모도 처벌을 받을 수 있다(그렇다고 당장 경찰서로 달려가 부모님을 고발하려는 건 아니겠지?).

이 소설은 캐나다의 법체계를 다루고 있다. 그렇지만 내가 이해한 바로는, 법률과 법의 원칙들은 대부분의 나라에서 거의 같다. 무슨 일(가령 엄마의 실종 같은)이 일어나면 꼭 법률 전문가에게 상담을 하기 바란다.

옮긴이의 말

캐릭터를 살아 펄떡이게 하는 입담의 힘

'Quid Pro Quo'. 라틴어로 된 원제는 발음부터 다소 생소하게 느껴진다. 사전엔 '대가(代價)'니 '대응물(對應物)' 같은 딱딱한 말로 풀이되어 있는데, 쉽게 말하면 '어떤 일에 상응하는 보상(補償)'을 뜻하는 법률용어다. 원제에서 알 수 있듯이, 이 소설은 청소년문학에서 좀처럼 찾아보기 힘든 법 스릴러다. 하지만 걱정 붙들어 매시라. '엄마의 실종'이라는 범상치 않은 설정에 실소를 자아내는 해학과 유치하지 않은 가벼움으로 독자를 매료시키니까.

앤디는 아빠가 누군지도 모르는 애를 10대 때 낳아 키워온 미혼모로, 골초에 항상 거친 말을 입에 달고 살며 햄버거를 즐겨 먹는다. 세상에 아들 옆에서 거리낌 없이 담배를 피우고, 영양가 높은 요리를 해주기는커녕 패스트푸드를 가족의 주식으로 삼는 엄마가 어디 있을까. 그런데도 아들이 행여 자기처럼 비행 청소년이

될까 봐 퍼부어대는 잔소리는 또 어찌나 심한지. 아들 시릴이 인정하는 엄마의 장점은 딱 한 가지, 불의를 보면 참지 못하며 힘없고 가난한 이들을 위해 일한다는 것이다.

그런 '불량 엄마'가 어느 날 갑자기 사라졌으니, 시릴은 이제 기뻐해야 할까. 물론 그럴 리가. 한번 엄마는 영원한 엄마니까.

개성이 강한 앤디와 시릴 모자(母子)가 좌충우돌하는 이야기만으로도 한 편의 흥미진진한 가족소설이 만들어질 법하지만, 작가는 여기에 엄마의 갑작스런 실종이라는 사건을 덧붙여 스릴러로서의 재미를 더한다.

엄마가 뒤늦게 법대를 졸업하고 법률사무소에 취직한 후 두 사람은 비로소 (금전적으로나 정서적으로나) 안정적인 일상생활을 누리게 된다. 그런데 어느 날 앤디의 옛 남자친구인 바이런이라는 불청객이 찾아오면서 불행의 어두운 그림자가 드리워지기 시작한다. 바이런이 혹시 아빠일지 모른다고 생각한 시릴은 그의 일거수 일투족을 감시하고 미행하던 중 놀라운 사실을 발견하고, 그로부터 얼마 후 엄마가 의문투성이의 음성 메시지를 자동응답기에 남긴 채 사라지면서 극적 긴장감이 절정에 이른다. 이제 영화에서나 볼 법한 거대한 '음모' 앞에 홀로 내동댕이쳐진 시릴. 그는 과연 무엇으로부터 사건의 실마리를 풀어나가야 할까?

시릴이 혼자 힘으로 사건을 해결해나가는 데 가장 큰 힘이 되어주는 것은 변호사인 엄마로부터 자연스레 배운 법률 지식이다. 금반언, 자기부죄거부특권, 변호인-의뢰인 특권 등 어려운 법률 용어가 꽤 등장하지만, 이야기를 이해하는 데는 전혀 지장을 주지 않는다. 영미권 최고의 추리문학상 중 하나인 아서 엘리스 상 수상작답게 치밀한 구성과 설득력 있는 전개가 단연 돋보인다. 그러나 무엇보다 이 소설을 빛나게 하는 것은 각각의 캐릭터들을 살아 펄떡이게 만드는 작가의 타고난 형상화 능력, 즉 입담이다. 특히 시릴의 밉지 않은 독설과 비아냥은 자칫 심각해질 수 있는 상황을 상쇄시키며 독자를 수시로 키득거리게 한다.(사실은 내가 그랬다. 번역하는 내내. ^^)

'웰메이드' 추리모험담으로서 흥미 만점인 데다 교육적인 면에서도 법률 용어들에 친숙해지게 만드니 더 이상 바랄 게 없는 소설이다. '스케이트보드를 탄 존 그리샴'으로 불리는 작가 비키 그랜트의 대표작을 만끽하시기 바란다.